镜中的水仙花

王若冰 著

燕山大学出版社
· 秦皇岛 ·

图书在版编目（CIP）数据

镜中的水仙花 / 王若冰著. — 2版. — 秦皇岛 ：燕山大学出版社，2022.1（2026.1重印）

ISBN 978-7-81142-959-6

Ⅰ. ①镜…　Ⅱ. ①王…　Ⅲ. ①散文集－中国－当代　Ⅳ. ①I267

中国版本图书馆CIP数据核字（2022）第000896号

镜中的水仙花

JINGZHONG DE SHUIXIANHUA

王若冰　著

出 版 人：陈　玉
责任编辑：柯亚莉
封面设计：祝璜卿
出版发行：燕山大学出版社 YANSHAN UNIVERSITY PRESS
地　　址：河北省秦皇岛市河北大街西段 438 号
邮政编码：066004
电　　话：0335-8387555
印　　刷：廊坊市印艺阁数字科技有限公司
经　　销：全国新华书店

开　　本：710mm×1000mm　1/16　　印　　张：16.5　　字　　数：190 千字
版　　次：2022 年 1 月第 2 版　　印　　次：2026 年 1 月第 2 次印刷
书　　号：ISBN 978-7-81142-969-6
定　　价：58.00 元

序

王若冰是我的平阳同乡，她先生是我的中学同学。不过更重要的关联，她是我儿子在杭州外国语学校上学时的语文老师，而且这语文老师贯穿了初中和高中的六年。

记得初二新学期开学，儿子返校刚放下行李，便听到语文老师换人的消息，一时很不开心，无助中竟没忍住泪水，后来又听说该消息是个误传，才转悲为喜。许多年过去，我把这个场景从脑子里打捞出来向儿子求证，如今已是壮小伙子的儿子拒绝认领。他说即使在年少脆弱的阶段，哭鼻子也不是他的风格。他又指出，恰恰相反，那时候喜欢流眼泪的是王老师。

在流动的时间面前，记忆总是不可靠的。但有一点可以肯定，若冰是一位不能被轻易替换的老师，她也的确会为了学生而动用感情。在文章中，她承认自己在学生跟前多次掉过眼泪，不过欣慰的是："在我每次落泪的时候，学生都异常的安静，因为他们都读懂了我的眼泪，和这眼泪后面所饱含的情感。"

我和若冰见过几次面，但似乎都在潦草场面中，没搭过太多的话。在我的印象里，她是瘦弱的也是安静的，符合人们对中学教师的想象。

不过若冰跟别的中学教师又是不一样的，因为她多了一件东西，即坚持着自己的文学向往。有了文学向往，她的瘦弱和安静里便能生长起充沛的情思，并落笔为真诚的文字。

作为一位教师，若冰的情思更多地投放在学生身上。在一个毕业前夜，她驾驶轿车带着一批一批学生巡游校园，玩笑的轻转为离别的重，“刚才还异常兴奋的学生，突然之间鸦雀无声”——这电影镜头般的告别仪式出现在《偷车风波》中，让人暗生感动。在《愧怍》里，一位不识字也不会普通话的母亲因为担心女儿学习成绩的下滑，终于鼓起勇气给老师打了电话，“讲了很多我听不太明白的话”，随后又寄来手工编织的围巾和手套，“帮我抵御了多年来最为寒冷的严冬”。——愧疚的文字，传达出的是暖意。在若冰叙述师生关系和勾勒学生模样的两组散文中，几乎每一篇都有一个不错的细节。这些细节真切动人，能够自生一种温度。

作为一个女儿，若冰对父母的感恩是浓烈又隐蔽的。父亲是位被错划的“右派分子”，尽管长年为了生计而劳作奔波，但并未低下精神的头颅。在《父亲和他的小绿船》里，父亲“默默而虔诚地把小船里里外外漆了一遍又一遍”，他对文学的守望和对生活的态度像精神基因注入女儿的内心，并在时间中不断发酵。而在母亲身上，若冰能看到残酷岁月里留下的无形刮痕。她不敢轻易去触碰和修复，但在母亲八十大寿时，写下了一封情深之书：“妈妈，就让雪下在一米之外，留给我们一米阳光，好吗？”

作为一名阅读者，若冰眼睛里的内容是丰富而温和的。说丰富，是因为阅读内容包括了书本、电影和生活世相；说温和，是因为她的文字里几乎没有暗区，即使残忍的事也能过滤成暖色。在解读《朗读者》中汉娜最后自杀的情节时，若冰选中了柔软的死因："我宁愿相信"，"她认识到了人性中最为重要的东西，那就是爱"，"最终她无法面对自己的灵魂而选择自杀"。看电影《天堂电影院》后，她想到的是："我们的学校，应该就是这样的一所天堂电影院"，"而我们教育者所要做的，便是做一个好的放映师，让每一场电影都成为受教育者心中的艺术盛宴"。《情诱》一文，则记述了一位年轻女子和大学教师的婚外情恋，这情恋持久而躲闪，正要深入之时，"她害怕了"，"她有一个很强烈的愿望：要回家！要逃离这个是非之地！"于是若冰的笔下，终于没出现激烈的或不堪的情感撕扯的情节。

用文学作品所需要的宽度和厚度来衡量，若冰的散文还显得有些纤瘦单薄，但她用一个女教师特有的善心和意情，让文字暖和饱满起来。绕过世故，放弃复杂，让文章保持校园般的温情和干净，这没有不好的。

在《天堂电影院》里，放映师艾费多剪下少儿不宜的接吻镜头，攒成一盒礼物送给成年的多多。现在，女教师王若冰也将校园和生活中的细节片段攒成了一本书。学生和亲友们捧着这些文字，一定能重访温馨的旧日时光。

钟求是

（钟求是，《江南》杂志主编，浙江省作家协会副主席，一级作家）

自　序

大学毕业十周年的同学会上，我惊讶于多年未曾联系的同学居然对我的生活状况了如指掌：他们知道我与先生相识在一个初夏的傍晚，知道我们恋爱到结婚过程中的许多浪漫插曲；知道我女儿出生在烟雨绵绵的春天，知道她的脾气爱好，成长旅程中的许多小故事；知道我为人妻、为人母、为人师的点点滴滴的烦恼和快乐，幸福和忧伤……见我一脸的疑问，他们告诉我：你每一篇文章发表，我们都在分享你的喜怒哀乐。

原来，文学竟有这么奇妙的功能。

我是个不善言辞的人，很多时候，我不能很直接地把我的情感传递给我爱的人。就像在许多个父亲节、母亲节，我拿起电话，却没能说出在心里默念了多遍的“爸爸妈妈，谢谢您！”“我爱您！”之类的话语。我只能通过文字，来表达我想说而不敢说，或是三言两语不能尽说的情感。犹记得，爸爸手捧着家里订阅的《温州日报》，看到我写给他的《父亲和他的小绿船》时那泪流满面的画面，那是在父亲节的前一天。后来爸爸告诉我这是他收到的最好的礼物。这个时候，我觉得自己是个非常幸福的人。曾经常常地，我拥有着这样的小幸福：得到编辑老师热情洋溢回信时的感动，拿到自己信手涂鸦的文字变成铅字时的雀跃，通过文字找到惺惺相惜知己时的欢欣，得到报纸杂志约稿时的兴奋，发现自己发表的文章被人们剪贴珍藏时的感动……

有一段时间，我很少动笔。有时，有着写作的灵感却没有提笔的激情；有时，有提笔的激情却没有写作的心境；有时，有写作的心境却没有写作的时间。我不知道，我的文学梦，是失落在繁忙劳累的琐事间，还是消失在日益平庸的生活里？抑或是遗失在不断流淌着的时光之河中？

有一段时间，我文思滔滔，生活予我以鲜活的素材，上帝予我以不竭的灵感，笔下的每个主人公予我以真实的感动。我不知道文字是生活在我的世界里，还是我生活在文字的世界里。文字的多彩，每每使我的生活带有了庄周梦蝶般的梦幻。

王尔德曾经写过一个水仙花的故事：一个英俊的少年，天天到湖边去欣赏自己的美貌。他对自己的容貌如痴如醉，竟然有一天掉进湖里，溺水身亡。他落水的地方，长出一株水仙花。水仙少年死后，山林女神来到湖边，发现一湖淡水变成了一潭咸咸的泪水。山林女神以为湖泊是为水仙少年的死而哭泣，不料湖泊姑娘却说："我为他流泪，是因为每次他面对我的时候，我都能从他眼睛深处看到我自己的美丽映像。"

这也正是我如此着迷于文字的原因，虽然这一篇篇也许带着些稚嫩带着些粗粝的小文章谈不上伟大和不朽，我却能从它们眼睛深处看到我自己，我的性情和冥想，我的哭泣和梦幻，我的幸福和感伤，甚至某些时段的失意、彷徨，某些时段的执着、激扬，某些时段的诗意、低吟，甚至是内心深处一些小确幸和小波澜。

镜中的水仙花，开放在每一个平淡的日子里。留住这些花朵，就是留住了精彩的人生。

选集中大部分作品都曾经在各大报纸杂志发表过，其中有数十篇曾在全国、省、市级征文中获奖，在此不一一赘述。

最后，由衷感谢《江南》主编、著名作家钟求是先生从百忙中抽空为这本散文集作序。人和人之间有各种不同的缘分，但最有诗意的缘分莫过于同样的文学爱好和追求，虽然相比于钟老师广阔的小说世界，我的世界显得有些狭小。

王若冰

2018.7.7

目　录

爱的学堂

少年模样

风雨故土

生活三棱镜

图文世界

行走中的风景

爱的学堂

这里最平凡的一棵树都会开出美丽的花朵，最不起眼的花朵都会散发出美丽的芬芳。当树上饱满金黄的果实发出阵阵诱人香气的时候，就会处处传来幸福小鸟的歌唱。

偷车风波

其实，在好几天之前，他们就已经在觊觎我的那辆斯柯达小车了。在繁忙的复习和紧张的考试中，要找到一个轻松的话题并不容易。而如何“偷”走我的车子，成了这几天谈论的“热点”。在第一天送他们去高考的车子上，他们还在乐此不疲地讨论着。最后他们告诉我：决定依靠集体的力量，全班同学一起动手把我的车子“抬走”！我对他们的勇气大加赞赏，装作很慷慨的样子说：“我相信你们一定行的！只要把我的车子抬到旁边的草丛中，这辆车就归你们了，你们再也不用为毕业旅行的经费而发愁了。”话音刚落，引得一阵欢呼。

第二天早上，我从宿舍起来，第一件事就推窗看看我的车子还在不在。虽然我是十二分相信这仅仅是玩笑，但人在过于紧张、压力无处发泄的时候，玩笑就会开大。我的那辆蓝色斯柯达原封不动地站在那里。

上了送考车，一个学生试探着问我：“老师，你带车钥匙了吗？”我说：“我为什么要告诉你？”从他们支支吾吾的语气中，我猜出了他们的意图：昨晚他们大概去试了试身手，颇有“愚公移山”之艰难，才感觉自不量力。于是他们换了一个策略，准备先“偷”走我的车钥匙，放下手刹，然后一群人在后面推。我对他们一笑了之。但也没有想到他们竟然来真的。

晚自修，我在教室里值班。同学们看似都在认真复习，为明天最后一门的自选模块做最后的努力。一个学生想找我聊聊，我带他去办公室聊了一会儿。等我再去教室的时候，教室里已经空无一人了。我大呼中了他们调虎离山之计，连忙返回办公室找我的车钥匙，还好，钥匙还好好地躺在抽屉里，我连忙拿了钥匙放在身边口袋里，又冲下楼去找车，车子也安然无恙地在原地，我舒了一口气。再返回教室时，人又是齐刷刷的。“老师，你车钥匙到底放哪儿了？”我一眼看到了我刚才落在讲台上的一串钥匙，顿时恍然大悟。原来他们以为这串钥匙里有我的车钥匙，已经去试了一下，发现这里面没有他们所想要的。

我装作很大度地说：“让你们猜三次，如果你能具体猜出我车钥匙放哪儿了，我就把车钥匙给你们。”他们抓住这唯一的希望，绞尽脑汁。第一次，猜在我包包里；第二次，猜在我办公室抽屉里；第三次，猜在我宿舍里。我笑笑，说：“都说错了，在我身边的口袋里。”我随手掏出钥匙，远远地朝他们甩了甩。说时迟，那时快，离我最近的男生腾跃而起，以迅雷不及掩耳之势夺走我手中的钥匙，全班同学“哄”的一声跟着他飞奔出教室。等我反应过来，才知道事情的严重性。

我飞奔而出，跟在这群跑得比兔子还快的后生们后面。等我气喘吁吁地跑到车子旁边，他们已经打开车子，拿着钥匙在研究如何启动车子。我忙说：“这样吧。我带你们在校园里兜兜风，分批来，每次五个人，前面一人，后面四人。”话音未落，车子上已经满满当当坐齐了五个第一批挤上车子的人。

就这样，我带着每批五个学生，在静静的校园里慢慢行驶。刚才还异常兴奋的学生，突然之间鸦雀无声。沿着他们每天下午第四节课后“阳光跑步”的跑道，经过他们生活了六年留下许多欢笑、泪水和故事的宿舍，经过他们经常抱怨买菜要排队，菜不合胃口而每次都吃得津津有味的食堂，再经过班里好多个男生流过泪洒过汗摔伤过腿的操场，再经过杨柳依依，有无数红鱼在快乐游弋的池塘边……我知道此时此刻他们内心的感受：明天，就在明天，他们就要离开这个美丽的校园了，生活了六年的美丽天堂，朝夕相伴的同学，还有老师……

经过了这样独特的告别仪式，当我载完最后一批学生回到教室，他们都静静地看着我，眼里的感情很复杂。

我在黑板上写下张爱玲的一段话：于千万人之中，遇见你所遇见的人。于千万年之中，时间无涯的荒野里，没有早一步，也没有晚一步，刚巧赶上了，那也没有别的话可说，惟有轻轻地问一声：“哦，你也在这里吗？”

从他们眼里的泪花，我相信，他们都读懂了。

不一会儿，晚自习结束的铃声打响。他们起身从我身边经过，手中捏着已经出汗的照片依次塞在我的手中。照片背后，是他们的签名和留言。随手翻开第一张，只“老师加油，妈妈保重”八个字。

顿时，我的眼泪奔涌而出。

愧　怍

因为自己太幸运了，我都不知道这个时代还有不幸的人。

——题记

教高一的时候，我收到过一个学生家长的短信："×× 住校。"意思非常清楚，是告诉我这个周末 ×× 学生要申请住校，因为学校有规定，周末不回家的家长要向班主任提出申请，学校备案以便管理。但是这么"精简"的短信，我还是第一次见到。因为其他的家长发的短信虽然形式也各有不同，但开头必定是"王老师"，结尾肯定是"谢谢！"。而这封短信既没有称谓，也没有任何商量的语气，甚至连最基本的礼貌用语都没有。

我把这个短信拿给办公室的同事们看，语带轻蔑地说："现在这些家长怎么这么没有素质，你看，在给我下命令呢。"同事们看过之后也深有同感。

因为好奇，我很想认识一下这个家长，见识一下他到底是怎样一个傲慢无礼的人。无奈这封短信是他与我的唯一联系，两年下来，从来未见他给我打过电话，发过短信，家长会也总是请假。问孩子爸爸妈妈的联系方式，她说没有。好在女孩很争气，学习非常努力，又很懂事，我很喜欢她。曾经有一次我试探着问她："你爸妈都不担心你在学校的表现吗？好像从来没有问过你在学校里表现怎么样。"她笑了笑，说："他们对我很放心。"我也不好再说什么了。

到了高三的时候，不知为什么，女孩的成绩一落千丈。我找她聊过好多次，她总是信誓旦旦地说自己会努力，把成绩赶上去的。但看她平时心不在焉的神情，觉得事情没有这么简单。正在我为女孩的状态担心的时候，我接到了一个奇怪的电话。电话里先是传来一阵闹哄哄的声音，仿佛是在一个嘈杂的集市，嘈杂声过后，一个女人的声音响起，还带着粗重的喘气声。一连串浓重乡音，听得我一头雾水，只隐隐约约地听出"王老师"和那个学生的名字，我想应该是女孩的妈妈。我跟她说，××妈妈，您不要急，有什么事情慢慢讲。她放慢语速，一句话重复了很多遍，我才慢慢听出电话的大致内容：看到女儿成绩下滑，很担心，想问问老师有什么办法可以帮到她。听着她倾诉式地讲了很多我听不太明白的话，突然有一句我听清楚了，并使我深深震撼："我不识字，也不会讲普通话，所以不好意思跟老师联系啊！"

这是一个怎样的母亲啊！因为不识字，不会说普通话，怕老师和同学们笑话，所以主动屏蔽了自己。任是由自己在家里担心着想象着，也不能来学校看看孩子的学校和寝室，看看女儿朝夕相伴的老师和同学们。可是，又是怎样的勇气让这样的母亲迈出了这最艰难的一步呢？

放下电话的刹那，我突然想起前段时间我收到的一个奇怪的包裹，收件人写的是我的名字，但寄件人的地址和联系电话什么都没有。里面是厚厚的帽子、围巾和手套。因为有些土，被我扔在一边。因为东西太不贵重，我也没有花心思去打听是谁寄的。现在突然觉得应该是这个女孩的妈妈。回到家，我赶忙把那个包裹拿出来，我抚摸着那纯手工编织的厚实而柔软的带有花纹的围巾和手套，顿时，我觉得非常愧疚，对这位为了女儿屏蔽了自己又为了女儿勇敢地袒露自己的母亲，对我自己曾经的误解和鄙视，对自己所拥有幸福的心安理得和对眼前珍宝的漠视。那简短至 5 个字的短信，是这位母亲冒着被人鄙视的眼光央求他人帮忙代写而得来的吧？而这围巾和帽子，是编织着一个母亲希望老师能多多关心爱护女儿的浓浓的爱意呢，还是编织着一个不识字的妇人对老师对知识的尊重和敬意？不管是哪一种，它都是我迄今为止收到的最让人温暖的礼物了。

今年的杭州特别冷，正是这厚厚的纯手工编织的围巾、帽子和手套，这充满爱意的行头帮我抵御了多年来最为寒冷的严冬。也是它，时时提醒着我不要被世俗遮蔽了双眼，忽略了人世间最为温暖的人情，时时提醒着一个教育者的良心和责任。

游弋在爱的池塘里

本来没有什么希望的调动忽然有了结果。于是在我和学生毫无思想准备的情况下，我们就要分离。

因为忙于办理各种手续，因此在我还没来得及与学生道明这一切，新老师已经去上课了。在新老师的口中，他们才知道我的“背叛”行为。

晚上，我受到了学生“电话”的轰炸。

有威胁的：“老师，你小心点！别以为不来了我们就会放过你。说好要与我们并肩作战到高考，可最后一年，你却当了逃兵！”

有安慰的：“老师，其实我们一年换一个老师也很正常，我们会适应的，只要你过得比我好就行了！”

有依恋的：“老师，我特想你，你不过来看看我们吗？”

也有嘲笑的：“老师，还记得那节话题课吗？你的眼睛都哭肿了，像只金鱼。”

晚上，一夜无眠。

怎么会忘呢？那是一节“倾诉亲情”的话题课。同学们很坦诚，一个个敞开自己的心扉。一位同学说起已经去世了的父亲的坚强，和精神失常的母亲的可怜，说起自己如何面对乡里人怪异的目光而坚强地生活。他的声音很轻，却打动了每一个人的心。全班同学鸦雀无声，唯有一片啜泣声。接着大家纷纷谈到自己的父母和亲人，一堂课下来，连最坚强的男生也忍不住落泪。当下一节课的老师来上课时，看着全班同学红肿着眼睛，还以为发生了什么重大事件。当时，我还颇为这节成功的话题课而得意。可是不久，我就陷入了深深的自责之中：我发现那位带头说出家庭不幸的男生每次看到我都低下了头。或许是他觉得在他人面前诉苦是不够坚强的体现？或许是自己的发言博得大家的同情，而这并不是他所想要的？每次想找他谈，又怕自己某些无意的话语会伤了他的自尊。我只能用我的眼睛告诉他："在苦难中成长的孩子一定会有出息，你将成为最棒的！"可他读懂了我满眼对他的尊敬和内疚了吗？

第二天，我想去看望这些朝夕相处了两年的朋友。可临走前却又止步了。我觉得愧对。在他们最后一年的决战中，我当了逃兵。说好与他们并肩作战，可在最关键的一年里，我在哪里？

我在哪里？是否已迷失在利益和前程构成的诱惑中？迷失在自己都不愿承认的自私的旋涡里？

我清楚。但我已身不由己。

但至少，我应该有勇气去面对我的学生。于是，我去了学校。

走进教室的刹那，我被一阵惊讶声和欢呼声所掩盖，紧接着，我又被噼里啪啦的责问声和问候声包围。我以平常轻松和戏谑的口吻与他们开玩笑，同学们要求我到讲台上讲几句，我断然拒绝。因为我知道，我一走上讲台，我会控制不了自己的感情，那是我曾经无数次与大家"奇文共欣赏，疑义相与析"的殿堂，我不想让它成为道别的地方。

短短的课间时间过去了，下一位老师等着上课。我如释重负，虽然我还想再说点什么。我走了出来，几位女生出来送我。到了走廊里，一位女生忽然说：“老师，能让我抱抱你吗？”未等说完，她已扑到我怀里，泣不成声。刚才努力经营的轻松氛围、竭力克制着的泪水，在这一刻，经这一抱，崩溃得一塌糊涂。

我的身体被紧紧抱着，很暖、很柔、很细致。离别的伤感、幸福的拥有、自责和内疚，此时此刻，一齐涌上心头。我的眼泪和着女生的哭声，一齐飞溅。

当我回过神来，一转头，看见其他几个女生也正在悄悄地拭泪。想不到，此时此刻，自己竟成了故事的主角。我牵着他们的手，有一种柔柔的东西在我们之间流淌着、传递着。多年以后，是不是也有一个学生打电话过来，“老师，还记得那次，……你的眼睛都哭肿了，像只金鱼！”？

忽然感觉到：自己正是好飘逸好幸福的一条金鱼，游弋在爱的池塘里。

有一种优雅来自包容

从传统的评价标准来看，他不是一个优秀的学生。没有好成绩，甚至连天智都不如人，经常犯一些幼稚愚昧到好笑的错误。例如某天上完体育课后是我的语文课，刚上课不久他就举手报告说，老师，天花板漏水了。走近一看，果然他的课桌、课本上有颗颗水珠。我和同学们仰头四处查看天花板，想研究这水是从哪里漏下来的。天花板上雪白干净，也没有水珠。我们正纳闷，他的同桌突然发现了问题所在："老师，不是天花板漏水，是他自己脸上滴下来的汗珠！"我们一下子都笑喷了。你千万不要以为他是在故意捣乱，看他严肃认真的神情和最后的恍然大悟，绝不是装出来的。因为类似的事情经常发生。

我们几个任课老师聚在一起，谈论最多的就是他了，各种关于他的笑话和学习上的"无能"。英语老师说他连最基本的单词都不会，上课起来回答问题牛头不对马嘴；数学老师说他连小学生的数字概念都没有，上课根本就听不懂，但他依然摆出一副执着认真想听懂的样子；历史老师说他公元前 76 年与公元前 79 年，都不知道哪个年代在前……唯有地理老师对他赞赏有加，说他最大的优点是好问。上课凡是他听不懂的他都要睁着一双清亮的眼睛问："老师，这是为什么呢？"我们曾经商量着如何让他母亲明白：他的孩子在这里完全跟不上进度，最好能主动把他带回去。

可是，事情却屡屡出乎我意料。在学期末班级评选各种先进的时候，他是当选各类先进中票数最高的。班里好多同学站起来，列举了他的种种感人事迹：每天中午一下课他就以百米赛跑的速度跑到食堂吃饭，等大家收拾好东西去食堂吃饭的时候，他已经吃完饭回教室认真学习了；3000 米长跑他第一个报名，跑步的时候背着书包，戴着耳机，坚持跑完全程，从不叫苦喊累；对自己不懂的东西敢于问出最为简单的问题……

看着同学们用崇敬的语调如数家珍地一一道出他的各种细节的时候，我突然对我的这班学生肃然起敬，并对自己的无知和偏见无地自容。

从那天开始，我用心去观察他的一举一动。

我发现，他从教室跑到食堂吃完饭回到教室只用了 15 分钟的时间；我发现他在学习的时候心无旁骛，天塌下来都不知道；我发现他每天早上很早起来在操场上跑步 10 圈；我发现他除了学习，还经常在纸上涂涂画画各种奇形怪状的图案；我发现他会对着一朵花儿微笑，对着一只虫子哭泣，对着蓝天大声说我爱你。一次晚自习，同学们在扑打一只闯入教室的飞虫，他大喊一声“住手”，但已为时太晚。他走到虫子旁边，用手护着一只断了腿的飞虫，满眼都是泪水。顿时，教室里肃静。春游的时候，大家都在草坪里玩水枪玩得不亦乐乎，只有他孤身一人蹲在一个小角落里，眼睛盯着地上，连我走到他身边都不知道。我刚刚出声询问，就被他一个“嘘！”的手势打断了。原来他在看一群蚂蚁。过了好一阵子，他才开口告诉我蚂蚁的世界有多神奇，还对人类任意践踏生命、肆意破坏蚂蚁世界的种种行为极其愤怒。

后来，我在他的课桌上发现了一幅画：一群大大小小的蚂蚁，有的在跳舞，有的在搬运，有的在交头接耳。背景是一片绿草地，草地上零零星星地点缀着些野花，花瓣上还带着露珠。

这也许就是他的世界，纯净而明亮。那里没有生命的高贵与卑微，没有世俗的聪明与愚蠢，没有功利的获取和利用。有的只是快乐和谐，是绚丽多彩！

后来，他被一个美术院校录取了。我们几个任课老师都收到了他母亲给我们的感恩短信。我们都沉默无言，三年前的那一幕又重新浮现在眼前。

那是高一的时候，我们几个老师终于下决心向他母亲委婉地表达了他的孩子跟不上进度的想法，希望他的母亲能知难而退。这位母亲，一位身材瘦瘦弱弱戴着眼镜的大学老师，用她恳切而坚定的眼神看着我们，说她知道孩子的状况，给老师们添了不少麻烦。但是她之所以选择让孩子来这个学校，就是因为听说这个学校宽容大气。每个孩子都有他自己要走的路，这与成绩无关。所以她也不会强求老师们能把孩子的成绩教到哪个水平，顺其自然就好。最后她说："每天晚上回家我都会陪着他，帮助他解决一些问题。我和孩子都会尽力做好该做的。"说这话的时候母亲的眼圈有些湿润。说完，她优雅地走到门口，挽起守候在门口的孩子的手，眼神和动作中没有丝毫的责备和无奈，只有无尽的亲密和疼爱。我们一直目送着这位伟大的母亲，直到消失在我们的视线中。

此后，我的脑海中经常会出现这个母亲优雅转身的背影，她用她的宽容和爱，为自己赢得了尊严，也为自己的孩子开辟出一片自信的天空。

门“砰”的一声关上，才意识到自己忘带钥匙了。好在手机还在，连忙发出求救信号。没几分钟就被赶来救助的同事收容。跟着他们，游览了如仙境般的小乡村。霜露既降，木叶萧萧；流水有声，秋色无边。突然很是感激这次的“忘”带钥匙，想着陶渊明也是“忘路之远近”，才“忽逢桃花林”。看来我们偶尔也要“忘”一下，才能成就一段奇遇。

暗恋桃花源

大学毕业教了几年书，忽然觉得应该给自己忙碌而紧张的生活增添一点色彩。于是心里潜伏了很久的一颗种子探出头来——学绘画。小的时候就很喜欢画画，苦于没有条件，现在刚好可以弥补这一缺憾。

记得报名那天，是暑假里一个微微燥热的早上，树上的知了正不知疲倦地叫着，而我的心却雀跃如蝴蝶。很是庆幸，爹妈给了我一张娃娃脸，再穿上从衣柜里翻出来读大学的时候穿的粉色连衣裙，恍惚之间真的回到了那个懵懂得不知天高地厚的年龄。而这，正是我需要的学画的年龄。因为我打听过了，所有的美术兴趣班和培训班都是针对中小学生甚至幼儿园小朋友的。

报名的时候，老师正眼都没看我，随意问了我一句：“中学生？”我连忙点头，很大声地说了声“嗯！”。他丝毫没有怀疑。

第一天，是素描课。环顾四周，都是十三四岁的“小同学”。无论怎样，我这个“大孩子”还是有点“鹤立鸡群”了。一会儿，美术老师进来，他随手拿个圆柱体，在灯下一放，二话没说，就叫我们画。我暗笑，画个圆柱体还不简单？！于是细描细摹完毕，自我感觉良好。等老师一路看来，见我一副踌躇满志的神情，想来是大手笔。凑近一看，忍俊不禁。叫我先看看其他同学画。只见他们个个把笔拿得像模像样，明明是圆的也要用一条条线条勾画，还要涂得黑白分明。听了老师的讲解，才知道素描的手法。不禁暗暗惭愧：原来我年纪大，基础却最差，得赶快努力赶上。

于是白天在培训班学，晚上借了书自己研究练习，颇有“少年不知勤学苦，白首方悔读书迟”的醒悟。功夫不负有心人，一周以后，我终于拿出一张像样的作品，其进步之速度让老师刮目。他还把我的作品与那些学了好多年绘画的优秀生的作品放在一起，挂在墙上。我至今还记得当时被表扬时那种怦然心动、自信心爆棚，所有的付出都值得的感觉。

教我们绘画的老师姓叶，他是一所中专的美术老师。他所在的学校离我任教的学校仅有几百米距离。还好我们两所学校没什么交集，我可以肆无忌惮地享受我的学生生活。在教课之余，叶老师也会与我们畅谈理想和人生。有一次，他在讲述人脸部曲线的时候，竟然评论起了他学校里的女老师，说某某老师的鼻子非常漂亮。以至于在以后的很长一段时间里，每当路过他的学校的时候，我都要停留几分钟，看看校门口进出的那些老师中有没有鼻子长得特别漂亮的。

有一次课间，不知谁提出了一个话题“红绿搭配的衣服是否好看”，引起大家热烈地讨论。最后我们都想听听叶老师的观点。叶老师想了想说，如果是红绿平均大面积搭配，肯定是不好看的，如红衣服配绿裤子，但是大面积的红配上一小部分绿色作为点缀，也可以很美。

正当我沉醉在红绿搭配的世界里想着怎样才能搭配出漂亮衣服的时候，一句“王老师，你怎么也在这里学画？”惊扰了我的想象世界。抬头一看，“忽魂悸以魄动”。我班里的一位学生，不知什么时候闯进了我的“桃花源”，正用十二分惊讶的眼神看着我。教室里顿时肃静，我可以觉察到我现在的“同班同学们”的眼光如芒刺扎在我身上，仿佛我偷了东西被当场抓住。我连忙抓起这位不明就里的学生的手把他拉出门外。

他一脸茫然，被我急急地一拉，又显得有些无辜，不知自己到底做错了什么。等我对他解释明白，他抱歉而尴尬地笑了，说叶老师是他表哥，他今天来是来“探班”的。

探表哥的班，变成探班主任老师的班，还揭穿了我的一个“惊天大秘密”。

等我硬着头皮重回美术教室，同学们都“刷”地围了上来，向我发出一连串好奇的询问。此刻，我除了如实作答，已经没有其他的选择了。

此后，我的同学们对我这个高中老师再也不会“肆无忌惮”了，叶老师在课间再也不说某某老师漂亮了，我再也没有将自己的作品公之于众的勇气了。

虽然留下了很多遗憾，但是，这段学习的经历，使我对美的东西更加敏感，也使我心中绘画的种子慢慢发芽。这段辛苦又美丽的日子，成了我心中的“桃花源”。我仿佛就是那个误入“桃花源”的渔人，过上了一段“黄发垂髫，并怡然自乐”的生活后，又回归现实。后来多次前往，始终“遂迷，不复得路”。但从此，我暗恋上了“桃花源”。

在秋风的煽动下，整片树林都在沙沙作响，热烈讨论着要来一场轰轰烈烈的集体自杀。

断送西园满地香

每个暑假，杭外毕业的学子们不管走得多远，都会重返校园。他们走访每一个曾经教导过他们的老师，向他们述说着外面精彩的世界。到最后总是不忘说一声："但再好也不如杭外。"他们会带着相机，仿佛到了一个心仪已久的风景胜地，带着几许激动、几分兴奋，更多的是释放相思之苦的愉悦，拍遍他们生活了六年的校园的每一个角落，连墙角的一棵小木桩都不放过。有些学生，为了能再吃上一碗他们离校之后一直怀念的学校食堂一楼的拌面，会特地在学校的招待所住上一晚，以便能在第二天早起赶上这早餐中的精品。曾经的我，很多次嘲笑过这些学生的痴情：至于吗，才离开没有多久，却像是回到"少小离家老大回"的故土，未免太夸张了吧。

可是，在最近的一段时间里，我越来越真切地体会到他们的情感：从初一入学到高中毕业，在这人生中最美的时光里，到了杭州这个最美丽的天堂，进入了这个天堂中最美丽的花园学校，在这里，他们度过了充满欢声笑语、充实忙碌的六年时光。有什么比起这样的邂逅更摄人心魄？

想想九年前的自己，刚刚踏入这块神奇的土地。因为陌生，走着走着会迷路，那时觉得这个学校好大啊。可是九年以后的今天，我无数次踏过校园的土地，熟悉这里每个春夏秋冬轮回的气息，熟悉每一棵树在哪个季节会开出怎样美丽的花朵，熟悉每一条小路或平坦或凹凸不平的感觉，熟悉小潭里每一条红鱼吃食时或灵敏或笨拙的姿态。才发现：这校园其实挺小的，小到这里每一个隐秘的角落，都留有我的脚印。

我曾经跟一位自称写不出随笔的学生提过一个要求：每天去校园走走，看看哪一棵树与其他的树不一样。一个星期后，他哭丧着脸告诉我：老师，每一棵树看上去都差不多，没有什么不一样的。

可是在我的世界里，杭外的每一棵树都是不一样的。在二幢楼和三幢楼之间有两棵玉兰树，开的时候极盛极艳，但没过几天花瓣就凋零了一地，风吹过的时候，那些残存的花瓣以极其优雅的姿态往下飘落，仿佛不是告别和毁灭，而是去赴一场浪漫的约会。离这两棵玉兰树不远，有一棵合欢树。在读史铁生的《合欢树》的时候，我不知道什么是合欢树。有同事告诉我，喏，这就是。只见茂密的绿色中含蓄地开着粉色的花朵，没有玉兰花的张扬，也没有玉兰花的悲壮。他悄悄地，毫无声息地花开花落，好像生死都是非常淡雅沉静而自然的事。

寒冬中，每次走过行政楼和二幢楼之间的过道，你会被一阵清幽至极的香气吸引。如果你是第一次到这个校园，你还要花一点时间去找花香的主人。其实不用找，她就在你的身边，只不过这株蜡梅太素净了，你没有注意她的存在而已。而五幢楼教室的四周，秋天是最美的季节。因为这里的树的颜色是最为丰富的，从绿色到金黄到金色到红色，几乎汇聚了大自然所有的暖色调……

班级里有几个学生不愿意参加阳光跑步。我对他们说：你应该把它当作是免费的旅游，感谢上苍让我们每天有机会在校园里跑一圈，能欣赏到如此美丽的风景，也不枉住在这风景如画的学校。

从来没有，也不敢想，有一天，我会离开它；更没想到，这一天比预期的更早。还没有做好充分的准备，还没来得及和这里的一草一木一一道别，我就不得不到另一个校园。

但我还是很庆幸。在我离开它的时候它还在，它还是作为杭州外国语学校完整地存在着，美丽地存在着。

我提早了一年告别，与完整的杭外告别。上帝不忍心安排我与一个遭人毁坏的杭外告别，他不忍心让我看到美丽的建筑在一夜之间被推翻了重建，带着我、我们、千千万万个杭外学子气息的教室被重新装饰得只留下水泥钢筋的气息。他不忍心让我看到，在我走出校园留恋回首的刹那，映入眼帘的是“浙江外国语学院”七个触目惊心的大字。

现在，我终于明白“夜来雨横与风狂，断送西园满地香”是怎样的心境了。

“轻轻地我走了，正如我轻轻地来，我挥一挥衣袖，作别西天的云彩……”告别花园式的杭外校园，带着杭外的一草一木，装着杭外所有美好的记忆，带着杭外的气息和芳香，完整地离开。

这里是世界上最美丽的公园，它不大，但这里最平凡的一棵树都会开出美丽的花朵，最不起眼的花朵都会散发出美丽的芬芳。当树上饱满金黄的果实发出阵阵诱人香气的时候，就会处处传来幸福小鸟的歌唱。她的名字叫——杭外。

（说明：2008年，由于浙江教育学院“升级”需要，教育厅责令杭外作为其附属学校，校舍归浙江教育学院所有，杭外整体搬迁。班级数大大缩水，很多老师以杭外老师的身份到英特外国语学校任教。）

盼望那一双手

见过如蚯蚓般青筋爆满的手，如树皮般皱纹叠起的手；见过如润玉般白皙透明的手，如青葱般纤细修长的手，但我觉得最美最难忘的，是那一双手。

那是一双并不十分白嫩却透着光泽的手，那是一双不十分纤长却显得异常柔和的手，温婉而有力，无语却有情。

记得那个下午，你一阵轻快的脚步飘然来到教室，朝我们微微一笑，甜甜的笑容和声音如同那久违的斜照进教室的一抹阳光，给这个寒冬带来了暖意。我们都没有惊讶你的贸然到来，一句轻轻的“从今天开始，由我来给你们上语文课”也没有引起往常的波动，仿佛你本来就属于这个班级，属于我们。你上课的声音轻轻柔柔，如潺潺的流水在我们心里缓缓流过，似乎什么都没有留下，又似乎什么都被滋润过了。

忽然有一天，你神采飞扬地走进来，言辞非常激动，仿佛轻快的小溪激起岩石的浪花。你说没有什么比看到一篇好文章更令人欣喜了。你向小作者伸出手：“谢谢你给了我这份欣喜和感动。”我们用十二分羡慕的眼神看着那位略带羞涩的小作者，看着他涨红了脸不敢伸出手的样子，真想把自己的手伸给她，以享受这份特殊的荣耀。

自从那堂课后，我相信几乎全班同学都多了一份憧憬和渴望。那双伸出等待与小作者握手的手，成了课堂上最亮丽的一道风景，也是我们最盼望走进的一道风景。有意无意之间，我们都在努力寻找可以写成文章的身边的每一件小事，写出来又暗地里修改雕琢了一遍又一遍，那端端正正的字体融注了我们不少的心血。于是，那激动人心的日子便多了起来。一个学期下来，几乎半数的同学都享有了这份荣耀。

我的作文底子差，尽管我已作了很大的努力，我还是不能实现自己的梦想。也许是出于对那双手的渴望，也许是出于绝望后的孤注一掷，我在一念之差下抄袭了一篇同龄人的作文。交出去后，一连好几天，我都像在等候判决似的忐忑不安。

终于，那节课来临了，老师又用她那春风般的声音念起了同学的作文。第一篇是金会的，语文课代表，她的作文是第三次被老师当范文朗读。虽然如此，在与老师握手时，我还看出她的手因为激动而微微地颤抖。接着，就在我拨浪鼓似的心跳中，我听到老师报到了我的名字。当她无比欣慰地表扬我的进步，又用同样悦耳的声音读我的文章时，我的脑子开始嗡嗡作响。那短短的几分钟，对我来说如同一个长长的冬季，走不到尽头。而当老师的朗读接近尾声时，我被满心的害怕笼罩着，那曾经是我盼望已久的，最激动人心的盈盈一握，如今想来却是如此的令人畏惧和痛苦。我终于按捺不住站了起来，满脸通红，用自己都听不清的支支吾吾的坦白打断了老师的朗读。顿时，教室里死一般的沉寂。我不敢抬头，但我能感觉到几十双眼睛如同尖刺扎在我的心里。其中肯定还有一双眼睛，失望带着愤怒，是我最敬佩的老师的。此时此刻我宁愿自己赤着脚站在冰天雪地里，甚至是焚烧着的烈火之上……

不知过了多久，我的眼皮底下忽然闪出一道耀眼的雪白，不十分纤细但又显得异常柔和的一双手。我抬起头，正遇上老师那柔柔的目光，没有谴责，没有受骗后的愤怒，有的只是关怀和呵护。“没有什么比听到一句真诚的话语更令人欣慰了。谢谢你的诚实和勇气。”

教室里响起了如雷般的掌声。缓缓地，艰难地，我伸出了手，握紧了眼前的渴望，含着感激和悔恨的泪水。

那是一件最令人感动的作品，在我的生命世界里，但作者不是我。

心形串铃

初中时，因语文老师请假，来了一位代课老师，她梳着长长的辫子。姓严，却一点也不严厉。相反，她的嘴边似乎永远荡漾着甜甜的微笑，偶尔不笑的时候，便是我们不听话惹她生气的时候，而一旦她收起了笑容，不知为什么，我们都怕她。

那时，我们都很怕写作文，她就经常把我们带到野外，让我们触摸大自然的肌肤，吮吸大自然的芳香，尽情享受大自然的赐予。有一次，她带了一串自制的挂铃过来，让我们观察写一篇文章。那是由一串串长短不一的浅绿色小花组成的花环，当中围绕着一串鲜红的心形，每串下面都缀着一个小铃。手工很精致，想必是花了很多时间。无奈我们才疏学浅，总是写不好这篇文章，老师于是把它挂在教室前面的窗户边，让大家好好观察一段时间。

于是每当微风习习的清晨或傍晚，那一朵朵小花便飘逸起来，远远望去，似一只只展翅欲飞的雏鸟；而每当阳光融融的午间，那被一串串晶莹的淡绿包围着的心形便显得更加鲜亮夺目，似一颗颗正在扑扑跳动的心。

不久，我们都交了作文，除了一位通校的同学，叫志明。他总是那么来去匆匆，独来独往，成绩又差，也许是不屑于观察那令我们陶醉的风铃吧。

可是，这次严老师不但没有收起笑容，反而对他格外亲切起来。正当我们在心里纳闷的时候，严老师把我们这些住校生召集起来，告诉了我们志明的情况：爸爸瘫痪在床，一家老小五口人全靠母亲一人支撑，志明是老大，自然要帮妈妈的忙。我们从严老师那逐渐黯淡的神情和湿湿的眼睛里找到了共鸣，于是大家商量着分组去志明家帮助照顾他瘫痪的爸爸和年幼的弟弟。几个星期下来，志明的成绩有了明显进步，他开朗了许多，对同学不再绷着脸。特别是他补交的作文《心形串铃》写得那么真切动人，被老师当范文在班上一读，感染了每一位同学。至今我还记得其中的一段："在微风的拨动下，心形串铃轻轻摇荡起来，发出清脆的声音，像一句句轻轻的叮咛，似一声声真诚的祝福，如一串串咯咯的浅笑……"我们都很佩服志明，写出了我们想写又写不出来的感觉，也因此对那挂串铃格外钟爱。

然而，正当我们都陶醉在串铃给我们带来的祥和动听的乐曲声中时，我们的梦境破碎了。

当久病已愈的语文老师重新出现在讲台上时，我们竟有点惊讶他的到来，并且无端地怨恨起他来，似乎是他剥夺了严老师存在的权利。这时我们才想起严老师昨天上课时怪怪的神情，那一堂没有笑容的语文课原来便是严老师给我们上的最后一课。

悄悄地来，悄悄地走，一如每个早自习她来去轻轻的脚步。没有告别，没有送行。只有那挂心形串铃，一直一尘不染地挂在教室的前面。那一颗颗红心，依旧在太阳下扑扑跳动，发出熠熠的光芒；那围绕在四周的一只只雏鸟，依旧在微风下跃跃欲飞；那飘洒出来的一串串铃声，一如一声声熟悉的叮咛和浅笑……

英语老师

我不知道该叫他什么老师，因为他仅仅教过我们两个星期英语课，不知姓何名何，暂且称之为英语老师。英语老师第一次出现在我们面前时，我们都觉得很吃惊。曾听班主任说过，来代英语课的老师，原是位外交官，懂得日、英、法好几国外语，“文革”时受到迫害，至今还没有恢复职务。所以当一位高高大大，衣裤洗得发白的农民模样的老头站在我们面前时，我们颇觉意外，原来不是一位学富五车、戴着眼镜、风度翩翩的外交家啊，这巨大的反差带给同学们很大的失落。于是同学们开始窃窃私语，显然对他失去了兴趣。

他开始讲课，不用普通话，而用他略显生硬的英语口语，我们都不知所云，于是同学们蠢蠢欲动，哈欠打得震天响。这时随着门外一声“报告”，一位迟到的女同学跑进教室，一位粗鄙调皮的男生想趁机制造一些热闹气氛，就顺口骂了起来：“你妈死了？这么迟！”大家听了，轰的一声笑了起来，教室里闹开了锅。

“Yes，my mother died last week.”英语老师说着，转身在黑板上写下这一行字。教室里慢慢静了下来，因为大家都看懂了这一行简单的语句。这时我们才注意到在老师的左臂上缠着一圈黑纱，在他那套洗得发白的黑上衣上若隐若现。良久，老师才转过身来，我们分明看到这位年近半百的老师眼中，满噙着泪水。接着老师用最简单的英语给我们讲起了他的母亲。奇怪，当我们每个人静下心来，凭着微薄的一点英语底子，竟然听懂了他的整个故事。不仅如此，我还听到旁边的几个女同学在嘤嘤啜泣。此时此刻，我们与老师的心一下子拉近了。

接下来的两个星期中，我们每个同学都感觉到自己的英语口语开始突飞猛进。可就在我们沉浸在成功带来的快乐中的时候，英语老师再也没有出现。因为他仅仅是位代课老师，仅仅填补了原先那位请婚假的女老师两个星期的空缺。因为是代课，自然就没有道别，没有送行，只是我们会偶尔想起他，想起他给我们上的第一堂课。这时我们便不约而同地把矛头指向那个调皮的男生，是他毫无礼貌的破口大骂，勾引起了老师一段辛酸的往事。而我们也更为自己的不合时宜的哄堂大笑、窃窃私语而感到内疚，可是我们却羞于当面向英语老师说声“sorry”。

一年以后，我们从班主任口中，听到他平反的消息，说他被安排在城郊的一所中学教书，我们都暗地里为他高兴。他终于可以理直气壮地站在讲台上一展他的才华了。但没多久又得到消息，说他向校方提出提前退休的要求，好让他的儿子，一个天分不足，虽然已经二十多岁却只有七八岁孩童智商的智障儿顶替他的工作，给学校管管器材，干干体力活。学校起初不同意，但在老师的一再恳求下，终于答应，以他无偿给学校上两年课作为代价。

最后一次见到英语老师，是在电影院里，学校包场看电影《大决战》。他和他的儿子恰巧坐在我的前排。他自始至终耐心地给儿子讲解电影中的历史和人物。他那人高马大说话却像一个孩童的儿子偶尔也会应答几句。显然，父亲长期的悉心教导没有白费，我没有上前打招呼，因为我不想打扰一个有着拳拳爱心的父亲对他儿子的倾心教导。

从那以后，我再没有见到他，不知这对相依为命的父子，如今还好吗？

泪　缘

“因为爱着你的爱，因为梦着你的梦，所以悲伤着你的悲伤，幸福着你的幸福。”很喜欢苏芮的这首《牵手》，但那时的我还涉世未深，不懂人世间的情情爱爱，也就未能深味这首歌的意蕴。后来，经历了情感的风风雨雨，才知道这世上本有一种爱，是祸福与共，悲喜同心的；是心与心的相印，是情与情的交融，是生命与生命的结合。

大学毕业分配后，我认识了同事中的他。在不算长的一年时间里，我与他经历了相识相知相恋到分离。记得那次单位包场看电影《妈妈再爱我一次》，其情之切切，使观众无不为之动容。据单位一同事观察，女同事中只我“眼眶湿润”，其余皆“痛哭流涕”；男同事中唯他“面不改色”。因此，我和他各得“冷若冰霜”和“冷血动物”的雅号，但我们对此毫不在意，偶尔相视一笑，竟有“心有灵犀一点通”之感。

于是，似乎不合情理地，我们这两块冰却撞击出火花来，而且还破例地有了一次“相视而哭”的经历。

那天，我在外面受了委屈，本来这点委屈是很难化为泪水的，可一见他满脸的关切，一听他温柔的询问，泪水不知怎么就在眼里打转，后来干脆扑到他怀里痛哭起来。这可把他吓慌了，他又是手忙脚乱地替我擦泪，又是连声安慰。可我已一哭而不可收拾。哭着哭着，忽然耳边没了他的柔声细语，只觉得额头上凉凉的一滴。抬头一看，又见一双泪眼，正嘀嘀嗒嗒地往下掉泪呢。两双泪眼相对，觉得分外滑稽，顿时，我们破涕为笑……

事后，他告诉我，他可以忍受一切悲惨的场面，却最不忍见自己心爱的人伤心。

对此我也没有太多感动，我觉得相爱本该如此。相反，我越来越觉得他平凡。地位、金钱、翩翩的外表、浪漫的情调，他都没能拥有。于是，在众亲友的怂恿下，我狠狠心对他下了最后“通牒”。那是在一个颇有凉意的初秋的傍晚，他默默地听完我的分手理由的陈述，又默默地看了我很久，才重重地摔门而去。但以后在单位里遇见，他笑得还是和先前一样和善，还不时送来我所喜爱的书和磁带，当他把那盘有我最喜欢的《牵手》一歌的磁带交给我时，他用那么关切的眼神看着我，说：“但愿有一个人能牵着你的手，伴你一生一世。”

后来，我结识了另一个“他”，硕士研究生，单位好，收入可观，再加上堪称英俊的外表，这些“硬件”使我一时之间觉得自己很幸运。

相处下来，我便发现，我们之间很亲密，又很陌生。他每天像钟表般准时地往返，风雨无阻；他的高层次的修养使他从不喜形于色，你称赞他，他淡淡一笑；他骂他，也淡淡一笑。可谓“超然于物外”。甚至于我，也只不过是他身边被他多看几眼的一“物”罢了。

终于有一天，我觉得自己的内心在隐隐作痛，有一股不可抑制的悲伤，抑或是冲动促使我做些什么，又不知该怎么做。我伤心而无助地哭了。这时，我的那位研究生来了，他平静而耐心地等我哭完，说了一句由衷的赞美之辞：“你哭的样子真美。”

在这刹那，我忽然想起了有那么一天，有一个男人曾经怎样地为我解除悲伤而手足无措，最后，只好自己也真真实实地哭了一场，才换来我带泪的笑容；想起了过去与他相处的那一段开心温馨的日子；想起了他那句肺腑之言：“我可以忍受一切悲惨的场面，却最不忍自己心爱的人伤心。”此时我才明白：尽管时间是怎样地流逝，留在心里的却依然是他的身影，他的迁就与纵容，他的温存与体贴，他的无微不至的爱怜……

我擦干眼泪，独自推门而去，留下正莫名其妙不知自己做错了什么的研究生。而此时，录音机正在播放着苏芮的歌曲：

“因为爱着你的爱，因为梦着你的梦，所以悲伤着你的悲伤，幸福着你的幸福……”

我想，研究生最需要好好研究的，应该是这首歌所传达出的爱的真意吧。

遇上胡搅蛮缠的家长怎么办?

这两年，目睹了家长的威力：我的徒弟因为不善于与家长沟通，遭受种种刁难后被学校辞退；我的同事被家长一级级投诉后转岗；一个作为人才引进的骨干老师因为课上的一点小失误而被家长纠缠放大，不得不被学校勒令在家“休养”一个学期。

没有想到，我也“有幸”遇上了一个胡搅蛮缠的家长。这个学生是插班进来的，去年因种种原因休学了一年，这个学期复学。其实，在这个学生插班之前，我早已从同事那里听说这个爸爸的种种“英雄事迹”。

第一次见面，是在他儿子复学一个月后。作业屡次不交，早自习频频迟到，多次教育未能见效，无奈之下，告知家长。接到通知十多分钟后，他爸爸就出现在我办公室。一见面，就直截了当地说：“我的孩子以前都能上交作业，为什么到你手里就不交作业？希望老师不要有空子给他钻。”言外之意是他儿子不交作业我应该负全责，谁叫我看上去就一副文弱好欺负的样子。还没等我反驳，他就进一步提出要求：“下次他不交作业，老师就每天把他叫到办公室补完再走！”我跟他说：“孩子自我管理能力很重要，不能什么事都由老师盯着才去做。何况每天的作业理应当天晚上完成，不能拖到第二天再补。要不这样吧，因为您的孩子通校，我每天把作业发给您，您每天晚上督促检查一下。实在做不完的我再让他补。”他答应了。

但是，孩子依然在家什么作业都不做。他的作业都是第二天到学校在老师们的监督下利用课间时间和中午时间匆匆完成的。

期中考后，孩子的语文成绩在班级里属于中位。他爸知道后马上火冒三丈，先跑到班主任那里告状，被班主任挡回后又到学生处告状。说自己的孩子在原来班级里考过班级第六名（后来我向他的原语文老师打听了一下，那是一个小测试，很偶然发挥超常了！），为什么到王老师这里只能考到中位分？！这个老师也太不负责任了！

学生处领导是我多年的老同事，她很清楚我的教学能力和风格。她对这位爸爸说：“我可以以我的人格担保，王老师是一位经验丰富，工作非常负责的好老师！而且她还是语文学科的教研组组长！”终于，这个爸爸沉默了。

第二天，学生处领导把事情的经过说给我听，还宽慰了我一番，说这个家长早就以胡搅蛮缠闻名，让我不要放在心上。我非常感谢这位老同事的人格担保，但也觉得非常可悲。什么时候，我的教学能力和责任心，需要同事以人格担保才能证明？

我想，幸好我在这个学校待的时间够长，同事们对我甚为了解；幸好我一直以来兢兢业业，在历届家长中口碑甚好；幸好我的学生满意率常常是百分之百；幸好学校领导、老师都知道这个家长胡搅蛮缠，甚至他的故事都已在广为流传；幸好我还担任过语文教研组组长……如果没有这些“幸好”，我是不是也要被领导一级一级找去谈话，从此失去清白？是不是在家长的质疑下我就百口莫辩，尽管我觉得自己对待这位学生已经尽职尽责？是不是也会和我被解聘的徒弟、被转岗的同事一样，要放弃现在爱我的学生和我爱的孩子们，而换到一个新的校区或岗位？

一切皆有可能。

可是，我们那么多的学生家长，不明教学规律却处处对学校指手画脚的人有之，自己管不好孩子把责任全部推给老师的人有之，面对孩子学业落后自己内心焦虑得不到发泄从老师这里找出口的人有之，不分青红皂白认为我孩子成绩不好就是老师错的人有之……面对这些胡搅蛮缠的家长，学校怎能处处忍让步步退缩，甚至明知道家长无理却拿老师的名誉和前途作为牺牲品以求息事宁人？

对这些胡搅蛮缠的家长，首先学校要有所坚守。每一个学校，都有自己的教育宗旨和理念，也应该有一套科学而完整的教学评价体系。对不懂教育规律又喜欢指手画脚的家长，学校要敢于对他们说“不”，而不是一味地纵容迁就。

其次，每个老师要有足够的自信和底气。如果一味迎合学生和家长，上课看似笑声不断，内容其实低级趣味；师生看似一团和气，学生犯错不敢批评教育；家长有求必应，学堂成了某些人的私塾。那教育就真的沦为服务行业了。

只有足够的教育自信和自省，才能不被学生和家长牵着鼻子走，教育才能迎来新的希望。

现在，大多数人只能通过手机来欣赏这个世界的美丽了。

我们到底要教给孩子什么？

前不久旅游住在一个湿地公园里，每天早晨我都要在附近的一条小路走走，一边享受凉风习习，一边饱尝鸟语花香。一次，走在我前面的是一对母子，母亲挽着发髻，姿态优雅，与五六岁的儿子手牵手，一副和谐幸福的模样。因为挨得近，所以就听得到他们之间的对话："儿子，你看对面那个标语第一个是什么字？"我顺着母亲手指的方向，越过波光粼粼的小河，看到河对岸竖着的一个广告牌："严禁游泳！"看到儿子摇头，母亲慈祥地摸摸儿子的头："那是'严'字，'严格'的'严'。记住了吗？""记住了！"儿子用脆生生的声音回答道。过了一会儿，母亲又问："儿子，妈妈昨天教你的'蓝天'的'天'会写了吗？""会写！"儿子骄傲地回答，还在母亲的手掌上一笔一画地写着。

此时，蓝天正飘着数朵白云，悠悠地变幻着模样。而眼前的小河，像一面镜子，"天光云影"徘徊其中；依偎在河边的美人蕉婀娜地映照着河面，薰衣草零星地点缀在河边的草丛中。河的另一边，向日葵如一个刚强的卫士正高高地耸立在田野里……

我很想问问眼前的这位妈妈，为什么不问问："儿子，你闻到花的香味了吗？香气中带着什么味道？""你看到蓝天上的白云了吗？像不像你昨天刚刚吃过的棉花糖？”“向日葵真的是朝着太阳转的吗？”“这朵花为什么耷拉着脑袋？它被人欺负了吗？”……

类似公园里母子的场景我们经常看到。

一次在小区里，又看到一对父女，爸爸可能是个理科生，所以对自己掌握的知识很是自信，恨不得马上把眼前这个看上去才七八岁的女儿教育成一个科学家。“女儿，爸爸考考你，我们现在呼吸进去的是什么气体，呼出来的又是什么？”“氧气。二氧化碳！”“那这棵树的叶子为什么是绿色的？”女儿摇头，爸爸就又开始滔滔不绝讲述起来……

此时，小区的一边，是成荫的大树，树底下，是一座积满灰尘的秋千；另一边，则是一个篮球场，只见一群成年人在那里斯斯文文地投着球。

而我最想看到的，也许是这样的场景：爸爸抱起有点胆怯的女儿，把她放在秋千上，告诉她，孩子别怕，爸爸会保护你的。然后把秋千先是轻轻摆动，等孩子适应了，就把秋千高高荡起，随即传来孩子银铃般的笑声。或是拿一个球，爸爸在球场上与女儿互相追逐，一边笑一边踢，偶尔停下来，彼此擦干挂在脸颊上的汗珠。

我们到底要教给孩子什么？在本该是快乐玩耍的年龄里，你却让他整天去面对枯燥的知识和数字。现在大多数的孩子，是在绘本上认识春天的，尽管外面百花正开，春风徐来；是在电视上认识人情冷暖的，尽管窗对面是另一家窗，门对面有另一扇门；是在培训班里消磨业余时间的，尽管小区里有各种儿童设施；是在书本上认识星空的，虽然也许一个月中有这么几天，你头顶上有着灿烂的星辰。可是，教室里的知识，学业上的竞争，房门里的生活，能培养出怎样的孩子呢？是四体不勤五谷不分，手无缚鸡之力的肥胖儿童，还是说起知识滔滔不绝一到现实就变成一个鸡蛋不会剥苹果不会削的低能儿？

这样的孩子，一旦抛到社会的波涛巨浪中，到底有几个能历经拼搏，靠自己的能力游到成功的彼岸？

人性之外，便无规则

前段日子，我在电视上看到有一个《狗狗冲冲冲》的节目。这个节目本身没有太大的新意，就是设置重重障碍，让狗狗以最快的速度闯过所有的关卡。但是其中有一个女孩和她的导盲犬的故事却很让人深思。一个漂亮的盲人女孩，带来一只她视为生命的拉布拉多导盲犬。女孩说它是一只非常尽职尽责的导盲犬，有了它，自己成了一个可以自由行动的人。但她这次带导盲犬来的目的，不是为了展示这条导盲犬有多尽职，而是为了让它卸下导盲犬的职责，真正做一回自己。我看到那只导盲犬卸下它身上导盲犬的拉手后容光焕发，它忘记了导盲犬碰到障碍要绕道走的规则，纵身跳过一个个障碍，秀出它饱满而结实的肌肉，欢快地跑完全程。在终点处，它昂着头，那潇洒而满足的神情告诉我：这才是一只狗最为本质的生命和价值的体现。

我们的教育与此相类似。

那只导盲犬，它在训练的过程中被告知许多不能违背的规则，如充分领会主人的意思，带主人去她想去的地方，而不能自己四处乱跑；遇到障碍不能攀爬，因为它要带主人走最安全最平坦的路；遇到诱惑不能分心，因为它有重任在身……这些规则使导盲犬成为一只对他人、对社会有用的狗。也许，有很多人认为，尽职做好导盲犬的职责，这就是它生命意义的全部。但是，又有多少人会像这个女孩一样，千里迢迢来参加节目只是为了让狗狗有一个展示自己的平台，做一回真正的自己呢？

这也是我对规则教育的理解：教育不能无规则，但培养一个守规则的人不是教育的终极目标。

古语道："不以规矩，无以成方圆"。所以在一个人成长的过程中，"规矩"历来是被当作一项非常重要的教育内容。做人要有做人的规矩，学生有学生的规矩。

从小到大，我们被爸爸妈妈，幼儿园、小学、中学、大学的老师，我们身边的朋友，熟悉的和不熟悉的各种各类的人告知：你要怎样，你不能怎样。从你成为一个学生的那天起，爸爸妈妈老师就给你定下了各种规矩：上课要认真听讲，作业要认真完成，遇到老师要问好，同学作业不要抄袭，老师的话不能对抗，阳光跑步不能请假，做事一定要坚持……这些规则使你变成了一个讲卫生懂礼貌勤奋学习的乖学生。但是，在不知不觉中，有些更为珍贵的东西已经丧失。在统一的规则模型中，在种种的被要求中，你可能已经遗落了主动求知的快乐，磨平了个性差异的棱角，减退了尝试冒险的勇气。

现在我们的教育，不是规则太少而是规则太多：来自教育者管理层的规则太多，而发自学生内心需要的规则太少；为了便于管理统一管理的规则太多，而真正从学生个性发展角度考虑的规则太少。

以前我当班主任的时候，经常拿校规班规来压学生，有些明明是自己都不太认同的规则，却要学生去遵守，所以经常是处于内心极度纠结之中。我们要求学生能独立思考，不盲从，可是又有多少老师在体制面前，在每一个规则贯彻执行之时，会先思考一下它存在的合理性？又有几人会向不合理的规则发出挑战，甚至“冒学校规定之大不韪”，带着学生去做一两件违背学校规则的事？我们常常是简单地告诉学生，这是规定，你必须遵守；这是中学生规则，你必须遵守。可是，又有多少人能真正从学生发展的角度，让学生自己意识到我这样做是我的需要？

当然，规则是一个人成长中必须承担的重量。有些对学生的发展起着至关重要作用的规则，是每个孩子都必须遵守的。

这个学期，面对两个初中班级的教学，我经常会很生气。学生做完作业不订正，我很生气，因为不及时纠正错误是对自己错误的纵容，对不起自己付出的宝贵时间。上课其他同学发言时，有部分同学不聆听，我很生气，因为没有学会聆听，你将会失去很多宝贵的和他人思想碰撞的机会，变得孤陋寡闻。背诵的篇目，有些学生一而再，再而三地背不出来。问他什么时候可以背出来，他说我也不知道。我很生气，因为如果连这些自己可以掌控的东西都掌控不了，如何掌控自己的命运和未来。我对学生说，学习不是一种能力，而是一种品质。虽然学习能力有高下之分，但只要每个人做到了最好的自己，就是成功的。所以学习与学习能力无关，与学习分数无关，但它关乎一个人的品质：有错就改的品质，不怕困难的品质，尊重他人的品质，不受诱惑的品质，坚持不懈的品质。因此，规则，是帮助学生养成这些优良品质的，而不是为了便于统一管理的，更不是为了让学生考出高分为自己的教书生涯增添光彩的。

在现在我任教的两个班中，有三个我所敬佩的学生。他们的学习成绩并不理想甚至比较落后，学习习惯也不好。但他们对自己喜欢的事情能投注十二分的热情。其中一个男孩，胖胖的身材，做什么事都是一副懒洋洋的样子，但当他为组建自己的乐队而四处游说的时候，当他每天在教室后面拿着一根棍棒在破脸盆上反复练习的时候，当他作为一个鼓手在舞台的聚光灯下激情四溢敲出一个个让人热血沸腾的鼓点的时候，我看到了积聚在他身上全部的生命力量。看了他演出的第二天，在班里，我当着全班同学的面拥抱了他，说了一句“你在台上真的很帅！”。他听后脸上又绽放出在台上才有的那种自信和潇洒的笑容。还有一个学生，上课经常走神，作业潦草，但他一说起他的折纸，就容光焕发。他能以十二分的耐心一连好几天每天工作十几个小时去完成一个工序极其烦琐的折纸作品。当我在他的艺术作品前惊叹流连的时候，他很高兴地送了我他刚刚完成的一个作品。也许是从我赞赏的眼光中，他找到了他自己。还有一个学生，是众人眼中的“刺头”，不爱学习，乱搭腔，老爆粗口。我曾经对他的行为深恶痛疾。但他极度热爱电脑，晚自修的时候老在看《电脑世界》的杂志，我拿过来翻了一下，里面全是密密麻麻的数字、程序和理论。像我这样感性的人看三行就会头晕的书，但他每次都看得津津有味。有一次电脑出了问题，我很虚心地请他上来帮忙，他弄了一下就修好了。这三个学生，如果用规则来衡量他们，也许连合格的中学生都算不上。我也曾经用“认真听课、认真记笔记、认真完成作业”等一系列的规则去要求他们，不仅收效甚微，而且让他们感觉到在这些规则的阴影下抬不起头来。虽然我对他们的引导都不能改变他们长期以来形成的不良习惯，但我仍以十二分的耐心在等待他们的成长。也许将来，是他们三个中的一个，而不是那些每天规规矩矩完成各个老师布置的作业遵守各项规则的乖学生们，更能在自己的个性舞台上焕发光彩。

前不久，我接到一个学生妈妈的电话。这个孩子在班里的成绩是倒数一二。她妈妈说：“王老师，我儿子说您是个很温暖的人。我以前对他管教太严，要求太多。现在，我也想做一个温暖的妈妈！”我听了非常感动，“温暖”，这是我迄今为止听到的最高的赞誉了。它远比那些“认真负责”“学识渊博”“教书教得好”“批改作业认真”这类的评语更让人心动。因为，除了老师，除了老师的职责和规范，我更是一个能给人带来温暖的人。它与职业无关，与规范无关，却是我一生所追求的。以前，经常有人用“春蚕到死丝方尽，蜡炬成灰泪始干”来形容老师，似乎教师命中注定就只能在飘洒的粉笔灰中自我淹没。我不想做这样无私奉献却没有自己的“蜡炬”。同样，我也不愿意我的学生只是显示在我的教学业绩上平均分、最高分、重点率、升学率上的一个数字。

教育的背后是人。孔子说：“吾三十而立，四十而不惑，五十而知天命，六十而耳顺，七十而从心所欲，不逾矩。”这是孔子自己对个体应有的自我认识的生命成长史。这种成长，特别是到了“从心所欲，不逾矩”的状态的时候，是一种符合人性内在要求的理想状态。这也正是我们教育者所追求的状态。

有人说科学是玩出来的。科学产生需要具备三个条件：好奇心、闲暇和自由。如果把一个人限定在既有的知识和规则之中，很难有新的探索和发现。有人说文学是玩出来的，它需要的不是在规则的重压之下步履匆匆，而是慢慢走，欣赏啊！看点闲书，坐在河边发发呆。美国名校斯坦福的校训是“让自由之风吹”，他们认为如果一味地束缚在规则之中，心灵丧失了自由，便没有创造。

我希望我们的教育不是以“教育”之名，行“奴役”之实。

所以，最后我想说的是，不可无规则，但所有的规则，都是在“人”这个最大的规则之下的。人性之外，便无规则。

（此篇为新学期教师培训会议上的发言稿）

没有平等，遑论教育

“你以为因为我穷，低微，矮小，不美，我就没有灵魂没有心吗？你想错了！我的灵魂和你一样，我的心也和你完全一样。这是我的心灵在跟你的心灵说话，就好像我们两人已经穿越了坟墓，站在上帝的脚下，我们是平等的。因为我们是平等的！”这是《简·爱》中简·爱对平等的呼唤。

可见，平等是一切感情的基础。父母觉得自己爱子女，就理所当然地认为自己可以操控孩子的生活；丈夫觉得自己爱妻子，就理所当然地认为自己可以限制妻子的自由；老师觉得自己爱学生，就理所当然地认为学生应当听从老师的教导……所有的爱，离开了平等，就会变质；所有的教育，离开了平等，就会扭曲。

可是，我们的校园中，恰恰充斥着种种不平等。家境的富裕和贫穷，成绩的优秀与落后，角色的强与弱，地位的高与低，都是造成不平等的根源。

作为老师，路上遇见学生，你会主动向学生问好，还是等着学生向你鞠躬问好？课上说错了话，你是坦诚地向全班同学道歉，还是不了了之？碰到有权有势的家长的不合理要求，你是断然拒绝，还是对他的孩子优待有加？成绩好的同学犯了错误，你是不是觉得他只是偶尔的失误而轻轻放过？对待成绩不好的学生，你是不是又觉得他偶尔的犯错是习惯性行为？

学校是教育的圣地，如果学校都没有平等，学校领导、老师都没有平等的意识，那怎么教育出有平等意识的学生？

平等的背后是尊重。

要做一个优秀的领导，必得每日三省吾身：我办学的宗旨是不是让每个学生都得到最好的发展？我有没有把自己的意志强加到老师身上？我有没有为有能力的老师提供可以让他们施展自己才能的平台？

在现实中，我听闻过有这样的领导：他让一个班主任老师突然放弃从高一带到高二的班级，去接手新高一的一个“关系班”，理由是这个老师当班主任当得太好了。领导把他当作一个“礼物”送给了这个关系户班级。因为这里的家长每一个都得罪不起。学校不容这位老师争辩，也不容他异议，甚至都没有提前给他打过招呼，就以“学校需要”的名义，擅自给他做了这样的安排。我见过这样的同事：他兢兢业业，教学经验也比较丰富，却因为个别家长的一些微词，学校把他调离了岗位。没有深入的调查，没有充分的论证，就把学校沦为一个纯服务性部门，顾客就是上帝，老师只不过是服务于上帝的一个“奴婢”。我们都处于一个不公平的环境，选上的“先进”未必是教学上真正的领先者，评上的“优秀”也未尝没有平庸者，有时只因领导的一句话、一个赞美的眼光，说你行你就行。

这样的现象，在每个学校都数见不鲜。如果一个老师没有起码的尊严，得不到应有的尊重，在长期的压制中丧失了独立的思想，只有绝对的服从，那么，作为一个教育者，如何能培养出一代有思想有尊严有独立个性的学生？

要做一个优秀的老师，必得每日三省吾身：对班级里成绩落后的学生，我是不是从内心里有些鄙视？对成绩、能力平平的学生，我是不是常常视而不见？我是不是在乎每个学生的心理感受，保护好他们脆弱的自尊？

在现实中，我见过这样的老师：每周多次给某知名企业家的孩子免费补习功课，而一些成绩薄弱的孩子来找他请教或敷衍了事或用“没空”打发；对班级里的弱势群体，不但不制止其他孩子对他们的捉弄嘲笑，还经常参与其中，对这些孩子冷嘲热讽或漠然置之；上课，眼睛只瞅着那些聪明活泼大胆发言的学生，而那些不善言辞内向羞涩的孩子却总是被遗忘在角落……

在整个社会中，代表着最文明最前沿的圣地就是教育。教育是人类即使遭到全方位污染也要坚守的最后一块净土。如果连教育都沦陷为强权和名利的附庸，那教育的方向在哪里？民族的前途在哪里？

我们教给学生知识，教给他们竞争，培养他们能力，但唯独忘了教给学生最为重要的东西——平等教育，其实很多老师自己都做不到。其实最好的教育，就是尊重被教育者，把他当作一个平等的人，教会他自我的尊严，和对他人的尊重。心理专家研究表明：在成长中得不到平等对待和尊重的小孩子，长大之后就很容易用压迫别人的方式去寻求所谓的平等和尊严。这是一种恶性循环。所以，平等既是手段，又是目的。

那么，如何在教育中让每个孩子能充分感受到老师的尊重和平等，从而建立和谐融洽的师生关系？

首先，每个教师都要摒弃旧有的根深蒂固的观念。随着经济的发展、社会的进步，延续了上千年的尊师重道、师道尊严的内涵已悄悄发生了改变。随着互联网的普及，学生的自学能力大大提高，知识面也开阔了不少，他们不只是通过老师的教育这一单一的渠道来汲取知识。很多学生博览群书，周游世界，好奇心强，他们懂得的东西有时比老师还多。所以，如果一个老师还抱着高高在上的姿态去俯视学生，学生就不会买你的账。新时代的老师，一方面要有自己的专长，以此自立；另一方面也要有终身学习，以能者为师的心态，向同事互联网甚至学生多多学习，与时俱进。

其次，保持一颗童心和好奇心。看到学生的一个手工作品，我会发自内心地留恋赞叹，然后向他请教他是怎么做到的；有段时间班里流行转笔杆，有学生转得风生水起，我忍不住也拿着笔试了试，这时就会有学生“老师”很自豪地指点你，告诉你转笔的窍门；经常被学生善意地捉弄，有时候也善意地捉弄一回学生；学生在排练课本剧热火朝天，我也会去凑下热闹，主动饰演里面一个无关紧要的小角色；看到一男生上课的时候不时拿出镜子来照脸，就忍不住打趣他：“不用看了，你已经长得够帅了！”……所有的这些举动，也许在有些老师看来会失了身份，但是，对我来说，却是消除我和学生之间隔阂的融化剂。我的学生评价我“少女心爆棚”，就是因为我比较喜欢穿带花边的衣裙，在学生面前不会装成熟，看到好看的好玩的大呼“喔噻”，会与学生打赌、赌气，经常向学生讨教问题。事实证明，我的少女心为我赢得了学生的人气。

再次，设身处地交换角色定位为对方着想。“己所不欲，勿施于人”，这其实是与人交往的基本也是首要的守则。有一次一天听了六节课，前三节还可以坚持，到第四节课开始就如坐针毡，到五、六节课时已经忍无可忍了，此时才彻底体会当学生的难处。其实很多时候，我们只在乎自己的感受，却没能设身处地站在对方的角度考虑。所以，每当我遇到成绩不理想的学生，我就会想假如他（她）是我的孩子，我有什么可以帮到他（她）而不是歧视他（她）；遇到见面了不打招呼的学生，我会想他（她）多像当年那个害羞的自己，就会热情地迎上去主动向他（她）问好；遇到一个父母离异家庭不和而每天都装作很幸福的孩子，我虽然很同情但也竭力会装作对他（她）的家庭毫不知情而帮他（她）圆这个谎……

最后，也是最为重要的一点，是每个老师都要有自己的思想和尊严。不人云亦云，不屈从，不攀附权贵。对领导的所有决策不是只有服从，要用自己独立的意志和思想去判断学校决策的正误，千万不能用“这是学校规定”来强制欺压学生。一个奴性十足的教师培养不出有独立意志和品格的学生。只有独立意志和思想的老师才真正懂得平等的本质内涵，才能把平等观念贯穿在教书育人事业的每一个细节中。

激扬青春，不负年华

——2015届初三毕业典礼上教师代表发言

今天，我站在这里，觉得特别幸运。上个学期末，我们把目光都投注在直升考上。等一切都尘埃落定了，才意识到我们都还没有道一声“珍重”就匆匆而别了。今天学校给了我这么好的机会，来弥补这一缺憾。很喜欢张爱玲说的一句话：“于千万人之中，遇见你所遇见的人。于千万年之中，时间无涯的荒野里，没有早一步，也没有晚一步，刚巧赶上了。”我想，这需要怎样的缘分呢？所以，曾经多少次，我都叩问上苍：到底我有多幸运，能在杭州这么美丽的城市，在英特这么美丽的校园，与正值豆蔻年华的最美丽的你们相遇？

经常有人问我：王老师，为什么每次看到你都那么开心？我说：每天可以看见想看到的人，我有什么理由不开心？每天与这么一群笑点很低即使最无聊的话题都可以演绎得笑料百出的人在一起，我有什么理由不开心？每天可以和那么多有思想有个性有活力的人一起，“奇文共欣赏，疑义相与析”，我又有什么理由不开心呢？

你们是我来英特的第一届学生，也是我带过的最无视规则最年少轻狂最快乐无忧也是最富有创造性的一届学生。

你们无视规则。晚自修值班的时候时常会发现有同学不在了，走到教室后面才发现原来有几个人坐到地上去了；听写的时候总是有人适时地肚子剧痛要上厕所，而从厕所里出来的时间刚好是听写结束的时候……

还记得那次班里有五个聪明过头的学生半夜睡不着，“越狱”出寝室潜伏到小教室通宵玩电脑的事吗？被管理人员发现后，五人均被勒令回家反思一个星期。这本来是一个感伤的故事，但是，这五人硬是把它演绎成了可歌可泣的英雄剧。他们先是给每个过来上课的老师一个热烈的拥抱，然后用一连串的“最后一次”来渲染氛围。什么“老师，这是我最后一次听你的课了”，“这是最后一次给你擦黑板了”，等等，硬是把全班同学包括老师煽情到几欲泪下，几多不舍。然后，这五个人像荆轲“风萧萧兮易水寒，壮士一去兮不复还”般悲壮地离开。

但是，从来没有哪一届的学生像你们一样，能如此快乐率真不带任何功利，也从来没有像你们那样富于青春活力和创造的激情。

你们是送我绰号最多的一届，什么“robin”、“roben”、冰冰、小菊花、老年人。每次我走进教室，准会有同学到黑板上要么写“猛浪若冰”，要么画一朵一朵的小菊花，仅仅是因为我刚扎起马尾辫的时候形状像小菊花。你们也是喊“冰冰”喊得最起劲最自然也最理直气壮的一届。现在虽然还有零星的几句“冰冰”声，但是已经失去了当年的气势和雄风。那从不知是校园的哪个走廊、哪个角落里突然传来的一群人声嘶力竭的咆哮声“冰冰——”，让人觉得太过大胆太过无畏，听来却是如此的荡气回肠。

你们也是最有才情的一届。你们这里有鼓手，有电脑专家，有乐队主唱，有吉他手、电子琴行家，有每次艺术节、英语节都拿奖的著名小导演，有文学功底深厚的小作家……

在这个校园里，操场上有我们每位同学阳光长跑时洒下的汗水，寝室里至今仿佛还荡漾着我们每个同学晚自修后的欢声笑语，食堂里、过道上似乎还留有和好友牵手走过的温度，教室里还保存着我们升学考前倒计时粉笔划过的痕迹。在这里，你们也许为自己暂时的落后而痛苦过感伤过，也许在与同学室友们的打闹中快乐过疯狂过，也许在选择的三岔路口彷徨过犹豫过，也为自己喜欢的功课和活动努力过付出过，也收获过挫败过。但是，几年以后，当你再次踏入这个美丽的校园，对着鲜红的钟楼，你一定想对着天空大喊：我们曾经这样的美好过！

前段日子，我在一位学生的随笔中看到这样一段话：直升考那天刚接完电话，钟楼的钟声敲了十二下，仿佛觉得那是《灰姑娘》里午夜的钟声，敲完，所有的美好都不见了。

但我想说，灰姑娘的童话才刚刚开始，没有了南瓜车，没有了公主裙，但我们还有“水晶鞋”，还有王子不变的情怀。今后，不管你们去往何方，当你疲惫失意的时候，当你孤独无助的时候，记住：你的背后永远有我们温暖的目光。因为我们来自一个温馨的大家庭，我们拥有共同的名字——英特人！

犹记得初二下快放暑假的时候，5班一位大大咧咧的阳光男孩，在即将远赴加拿大就读高中之前与班里同学告别的场景，当他回忆起与同学们相处的点点滴滴时，平时一说话就引人发笑的他此次引来的却是同学们的痛哭流涕；也还记得6班一位学生因为站在凳子上与一个同学比身高，结果不慎跌落撞破眼角，一群人手忙脚乱地送他到医务室，剩下一群人在小声哭泣……

时间真是具有无穷魔幻的神奇力量，它能把一群原先毫不相干的人紧紧联系在一起，不是亲人胜似亲人。

有时候，我也很难用一种身份来定义你们：我的学生？我的朋友？还是我的孩子？但毫无疑义，我们都是英特这个大家庭中的一员，这里有我们共同的梦，有我们的歌，有我们的印迹，还有我们飞扬的激情。

同学们，在即将告别初中之际，我想最后对你们说几句话。杭外、英特、出国、中考，不管是哪一条路，都无所谓成功，也无所谓失败。人生最大的学习课程是：你不敢嘲笑任何一种命运，因为谁都无法断定自己的命运如何。你所要做的，就是找到最适合自己的位置，做最好的自己。周国平说："每个人都有最合宜的位置，只不过这个位置经常空着，因为大家都忙着找别的东西去了。"所以，在浮躁的社会中，精神不能盲从，灵魂不能走失，信念要有所坚守。哪怕这个世界再复杂，我们也要守护好内心的善良和温暖。

同学们，我们都坐在一辆呼啸着往前飞驰的绿皮火车上，车窗外，飞驰而过的，是美丽的风景，还有岁月。所以，我们要激扬青春，不负年华！

认识你们，真好！

——2018届初三毕业典礼上教师代表发言

无数次站在和你们面对面的讲台上。但是今天，我站在这个讲台上，觉得特别不同寻常。首先，对这里的绝大多数同学来说，今天这短短的几分钟是我的最后一课。其次，今年也是我从教的第三十个年头。所以今天这个讲台有着特别的意义。在这三十年间，我经历了无数次的相聚和别离。但每次的别离，依旧有很多不舍。

首先我觉得我很庆幸。庆幸自己能在你们最青春最美丽的年华中路过。许多人说我是个对名和利没有什么欲望的人。我想他们错了。我对荣誉和待遇没有过高的要求，是因为我已经从你们身上，收获到了足以回忆一生珍藏一生的财富。

我的收获，从我在教室里打了个喷嚏马上有同学上来关掉电风扇的贴心中，从晚自习站在教室后面改作业同学特地走到我身边请我坐下来的温馨提醒中，从一个很不爱学习的男生信誓旦旦地对我说“王老师为了你我必须努力一次”的誓言中，从刚毕业不久的学生第一次发我微信喊我“王妈妈”的称呼中，从这学期刚任教不久的班级列队在教室外迎接我的掌声中，从一个毕业多年的家长每年给我寄来亲手制作的糕点的暖意中，从你们刚考完直升考家长们纷至沓来的感恩短信中。我收获了比所有的荣誉和财富更为厚重的礼物。刚刚上周，我很偶然地在教室课桌上一个同学忘记合上的日记本中，看到我随手扔掉的草稿纸，被端端正正地粘贴其上，旁边还写着："王老师手记。"刚刚在毕业典礼开始前一个小时，有一个学生到我办公室找我，说："王老师，虽然我不在您班，您可能也不认识我，但我上过您的语读课（语文阅读选修课）。您的课给我们带来了极大的美的享受，而且您互动的形式很好。就要毕业了，我就是想说声谢谢，不说以后就没有机会了。"顿时我都泪目了：该说谢谢的是我啊！我何德何能，上苍如此厚待，吾复何求？

有一个家长在发给我的短信中有这么一句："自从我的孩子遇到了您，他越来越知道自己想要什么。"其实，这也是我想说的：自从遇见你们，我越来越清楚地知道，我自己真正想要的是什么。

大家还记得我曾经跟你们说过，在从事教育这件事上，我是"先结婚后恋爱"的。三十年前，我在爸爸的强权下，所有的志愿都毫无例外地填上了师范。当我收到师范大学通知书的时候，我全身抽搐，痛哭流涕。因为我觉得我一辈子都要从事我不喜欢的工作了。

即使工作以后，我也觉得我是出于某种责任而不是热情和真心去做好本职工作的。但多年以后，当有一个在别人眼里很好的改行机会放在我面前的时候，我当时居然脱口而出："谢谢您的好意，我想我还是留下来教书吧。"放下电话的那一刻，连我自己都被惊呆了，我居然不假思索断然拒绝了其他单位给我发来的橄榄枝。后来想了一想，那大概是我内心的声音吧。

随着岁月的流逝，我越来越清楚地知道我的内心。那是因为有你们，是你们彻底改变了我，也彻底征服了我。在你们的成长中，我也成长着我自己。

直升考结束那天，我曾经写下这么一段话：“那些个懵懂少年，如今都已长成你最想要的模样；曾经的素不相识，如今已变成最熟悉亲切的脸庞。也许直升考后你们各自分散在不同的课堂，但情谊不打折，青春不散场，我爱你们，因为我心里最美好的地方，被你们的光芒照得通体透亮。”

当时在写下这段话的时候，我确实有着小小的伤感：记得初一你们刚进校时，每个人都用一双好奇的眼光来打量着周围陌生的一切，后来慢慢熟悉了，你我之间凭一个微小的眼神、细小的动作就可以猜出接下来要说的话、要做的事。你们熟悉校园每个春夏秋冬轮回的气息，熟悉校园每一棵树会在哪个季节开出美丽的花朵，熟悉每到春天整个教室的走廊都被好几树繁花簇拥着的感觉，熟悉每一株常春藤奋发向上的样子。习惯了和班里同学一同欢笑，一同打闹，一起哭泣；习惯了放学约上几个哥们一起去操场流一身臭汗，说几个笑话；习惯了和闺蜜手拉着手去食堂，一路笑谈一边耳语；习惯了在寝室熄灯前讨论某个老师或同学，一同分享暗恋某个男生的心情……

三年下来，你们发现：学校是一个比家更有故事的地方，钟楼成了一个比教堂更神圣的地方。

而当那个稚气、懵懂的少年长成了你最想要的模样的时候，当原本素不相识的人经过三年时间的捆绑，居然和这个校园，和老师、同学之间，发生了那么紧密、血肉相连的关系的时候，我们却要说分离。这多少有点残忍。

但后来，我终于释然了。正如一首歌中所唱：“所有离别为了重逢的那一天，在分别的路口，微笑着看时光走远。唱一首我们的歌，让每一个瞬间停留，我的左手旁边是你的右手，我一直在你的左右。”

是的，不管时光是如何流逝，尽管大家今后都走在各自追梦的道路上，但是我在，你在，我们一直，彼此都在，你的左右。

当有一天我们再相见时，我们都会轻轻道一声：认识你，真好！

现在，离别的钟声即将敲响，你的一生，我只送到这一程，你们各奔前程，飞累了，记得常回家看看。

最后我想说，谢谢你们。

在你们的成长中，我成长着自己。

在你们的青春中，我年轻着自己。

所以，认识你们，真的很好！

祝愿所有毕业学子能像英特的常春藤那样以最昂扬奋发的姿态，去迎接今后的每一个挑战，给这个世界带来更多的色彩和希望。

让甲壳虫飞起来

以前，我觉得自己在学生面前要维护自己完美的形象，以此来表现“师道尊严”。我在学生面前不敢吃东西。激动的时候不敢大声呼叫，失落的时候不敢唉声叹气，平时不敢穿很花哨的衣服，还要装出一副十分博学的样子。即使我不小心犯了点小错误，也会找各种理由来搪塞。伤心的时候竭力隐藏自己的感情，以免让学生发现我的脆弱。但现在，我只想做一个真实的、自然的人，不掩饰自己的缺点和脆弱，不卖弄自己的学识和才华，不简单地用学校的规章制度去压学生，不用学生的成绩和荣耀去标榜自己。也许在许多人看来，我的行为既不像一个老师，更不像个班主任。我会为说错一句话而脸红，会为一点小事而掉泪，第四节课下课肚子饿的时候会向学生讨东西吃，会忘掉全班同学的真实姓名跟着其他同学“妖哥”“大头”“小四”（绰号）地叫。我的“师道尊严”受到了很大挑战，学生会当着我的面理直气壮地叫我王若冰，在我想要插手管他们自己组织的一些活动时会毫不客气地叫我走开。我不知道，像我这样“感性”的不受学生尊重的老师是不是称职？

（一）

三年来，我当着学生的面掉过多次眼泪。

第一次掉泪，是在高一运动会上。因为我班里的学生有好几个都是带着伤痛去参赛的。他们事先都没说，我也不知道。后来，我目睹了他们整个的拼搏的过程，当我知道他们腿上带有伤痛还如此拼命以后，我感动加上心痛。但阻止已经太迟了。这种感情一直积蓄着，在运动会的总结班会上，我历数运动会上运动员的种种感人事迹，多次哽咽并潸然泪下。我检讨自己的粗心，责备这些不爱惜自己身体的学生。我告诉他们："在任何时候，身体、健康、安全都是第一重要的。在王老师眼里，比赛的成绩是最最次要的，我绝不赞同你们拿自己的身体和健康冒险！"学生很惊讶，他们原以为王老师会满心欢喜，为他们取得不俗的成绩而骄傲，会像英雄一样对待带着伤痛上赛场的运动员们，却没有料到王老师如此伤心。

还有一次流泪，是为班里一个学生。这个学生非常想去立命馆，也为此付出了很大的努力。原先他设想自己能至少拿到 50% 的奖学金，可是录取通知书颠覆了他的梦想：他没有申请到任何奖学金。而这就意味着一年二十几万的学费和生活费全部要自己承担。原本并不富裕的家庭无力承担高额的留学费用，他妈妈流着泪劝他放弃。他没有其他的选择。

从此，他的梦想就失落在决定放弃的那个晚上。脸上依旧挂着笑容，但那只是他用于自欺欺人的面具，他的热情不再点燃。眼看再过几个月就要高考了，但他不听任何人的劝告，每天要么捧着一本课外书在其他同学的一片刷题声中逍遥，要么靠在教室走廊上长时间发呆。周末也不愿回家，回家就把自己锁在房里。

每当我看到他心里难过时，我就会想到他的母亲心里会有多难过。而每当我以一个母亲的身份再去想他的母亲时，这种剧烈的难过就会扑面而来。

那天，我找他谈话，就不小心触及了这个话题。我说，你太自私了。你只关注自己的痛苦，可你知不知道你的痛苦在你母亲那里是加倍的。在你不能上立命馆这件事上，最难过的不是你，而是你的母亲。眼看着自己的儿子痛苦失落、日益沉沦却无能为力，不能为儿子实现梦想助一臂之力，这样的母亲应该是很痛苦的吧。

眼泪又不争气地出来了。我有些尴尬，只能草草地结束了还没有展开的谈话。

三年来，还有很多次类似这样的落泪。在我每次落泪的时候，学生都异常的安静，因为他们都读懂了我的眼泪，和这眼泪后面所饱含着的情感。接触过我班学生的老师都说想不到英特班的学生这么乖，我也是这么觉得。有些时候他们做得不够好，轻轻提醒一下就会有所改善，我想大概是因为他们同情我这个感情比较脆弱的班主任。害怕看到王老师的眼泪，不想让我伤心吧。都说女人最大的武器就是眼泪，说得没错。

（二）

这一届我所带的班级是英特班（当时高中英特班由杭外淘汰的学生和英特没有考上杭外的学生组成，我带的最后一届英特班由杭外托管）。在这之前，我从来没有接触过英特的学生。一些老师将英特生与杭外生比较的时候对英特生常有这样的评价：学习习惯不好，成绩不好，连地都扫不干净。刚听到这话的时候我觉得很可笑：学习成绩与扫地有什么必然联系？何至于成绩不好的人连地都扫不干净？后来才发现，这话不是没有道理。

刚开学不久我就领教了。上完最后一节课，我整理了一下备课本，关好电脑。不到一分钟的时间，一抬头，教室里扫地的同学已经不见了。我问卫生委员："扫地的同学呢？"卫生委员说："老师，他已经扫过地去食堂吃饭去了。"我看了一下教室，发现座位下面还是满地纸屑。我很生气，叫卫生委员马上到食堂叫那个同学回来。我在教室里等，足足等了半个多小时。等这位老兄酒足饭饱优哉游哉地回来，我劈头就问他为什么不扫地。他一脸不高兴："我扫过了呀。"我指着地上的纸屑问："那这些是什么？扫过地还这么脏，跟没扫有什么区别？"他看我这么凶，牛脾气也上来了："我就是这么扫的，其他同学也都是这么扫的，扫不干净我也没办法。"当时气得我真想把扫把摔在他面前。但转念一想：两人都在气头上，弄不好就吵起来了，我力气又没有他大，于是我强压住怒火，自己动手把教室扫得干干净净。后来我留意观察，我班几乎每个学生都是这么扫地的，就是把教室小组之间走廊里很明显的纸屑扫一下敷衍了事。

这以后我一直在思考：英特班很多学生是从杭外淘汰出来的，他们大多具有与杭外学生相同的资质和基础，但为什么几年下来会有那么大的差距？我得出的结论是：这首先是责任感和习惯问题。

于是，一连两周，我分别以"一屋不扫，何以扫天下"和"对所做的每一件事负责，为自己的人生负责"为主题召开了班会。

我把一句话"心若改变，态度就会改变；态度改变，习惯就改变；习惯改变，人生就会改变"作为班训，贴在教室最为显眼的地方。我列举了马云等他们比较熟悉的成功人士的事迹，告诉他们：态度决定成败。哪怕是最微小的事情，既然你承担下来了，你就要竭尽全力去做好。今天轮到我扫地，那么我就要把地扫得一尘不染；我是课代表，那我就要把每一次作业收得整整齐齐。将来，如果你是一个鞋匠，你就要把自己手头的每一双鞋子做得尽善尽美；如果你是个推销商人，你就要对自己推销的每一个顾客负责。……一段时间下来，他们也慢慢地树立起要对所做的每一件事负责的态度。

我班有很多学生，稍有一点诱惑就抵挡不了。比如天气冷了，被窝很有诱惑，于是迟出寝室的人起初是隔三岔五一群一群。我有规定在先，一次迟出教育，二次迟出通知家长警告，三次迟出寝室就要通校。高一的时候就有好几个同学被我勒令通校。当时我的压力也很大，因为他们会嘀咕：杭外的学生也有三次迟出，他们班主任也没叫他通校，凭什么我们英特班的要通校？这个时候我比较强硬，我告诉他们，如果连被窝这么小的诱惑都抵挡不了，那将来不能抵挡的诱惑就太多了。几个同学通校了以后，全班同学都知道迟出寝室要付出什么样的代价。所以高二、高三的时候，迟出寝室的学生微乎其微。再比如如何让学生抵制手机的诱惑，我也下了狠心治理。我觉得这些都是锻炼他们自制力的重要途径。

我班还有个学生，他爸是部队军官，有个专职司机。他经常把这个司机呼来唤去的。比如春游，他会让司机给他送比萨；下雨，他一个电话：给我送把伞。我对他的做法早有耳闻，只是没有亲眼见证。一天刚好撞到我这枪口上。一次放学我刚走下楼梯，正好听到他用下命令的口吻给司机打电话："你马上给我送件衣服，天太冷了！"我很生气，对他说："司机是为你爸爸开车的，这是他的工作。但他不是你的保姆，你有什么权力把他呼来唤去的？如果你要请他帮忙，也应该用商量的语句，还要说谢谢。这是最基本的与人相处之道。一个人，只有尊重他人才能得到他人的尊重！”可能是我因为生气语气太严厉了，把这个大男生说得哇哇大哭。

也许很多人会觉得这只是件小事，我有点小题大做。但我觉得诚实守信、对他人尊重、学会感恩，这些品质是一个人成其为人的最基本的素质。

（三）

我的女儿也是杭外毕业，高中文理科分班后，她在朱建国老师班。在我眼里，我的女儿并不算优秀，还有许多缺点，尤其不喜欢运动。每次阳光跑步她都要掉到队伍最后再趁机逃跑。记得每次做广播体操，她站在班级的最前面，手都懒得举起来。每次我看着她的动作，就在想，如果我是她的班主任，我一定要好好教训她。但是，我永远感谢朱建国老师，他对她总是赞赏有加，总是能发现她身上的优点来表扬她，还把她的名字编成歌反复吟唱。每次做操的时候，朱老师总是对我女儿说：“小甲壳虫，你要飞起来，飞起来！”因为我的女儿总是喜欢围一条黄色的带着绿点的围巾，很像甲壳虫的花色，所以朱老师总是昵称她为“小甲壳虫”。我想，从某个角度来说，这是老师的最高境界，发现每个学生的优点，赏识他，使教育带着诗意，带着爱。这也恰恰是我所缺乏的。所以，我把“小甲壳虫，飞起来！”作为我的座右铭。这句话也可以成为我们教育的一个隐喻：用我们的爱，让小甲壳虫飞起来！

（此篇为杭外优秀班主任发言稿）

少年模样

他们快乐，他们率真，他们活出了这个年龄阶段最本真的自我。在他们心目中，学习不是生活的全部，而只是点缀；校园不只是学习的殿堂，更是他们张扬个性的舞台。

张三分

（一）

张三分姓张名杰，又名张意外，号张三分。后两个名儿都是我给取的。

高三第二次月考，张同学默写又只拿了三分。上次月考，六分的默写题只拿三分的，全班同学仅他一人，他有点不好意思，向我解释说：“王老师，那只是意外。”这次我调侃着问他：“这次是不是意外中的意外？”他一脸坏笑地点头，表面上装作满不在乎，但看得出来有些心虚和尴尬。不过，不喜欢背书，是他的死穴。每个早自习，全班同学都在复习、背诵。只有他，手捧一本课外书看得不亦乐乎，对我的种种暗示、教育和批评阳奉阴违。一次上课我抽查背诵，实在忍不住，就把他叫了起来，说：“请你背一下《陈情表》，让大家见证一下意外是怎么发生的。”全班同学笑翻，于是“张意外”就这么产生了。大家说这个名很适合他。因为他总是有许多“意外”。收取作业的时候，他的作业本总是“意外”地落寝室里了；轮到课前演讲，课代表总是“意外”地没有通知到他；听讲座的时候优哉游哉地坐在报告厅窗台上，老师批评他，他说他也很“意外”，因为没有凳子了。但当他第三次默写只拿3分，我一气之下把“张意外”改名为“张三分”，他对后面这个名很是满意，说听到这个名字仿佛觉得自己是某武侠篇中的侠士……

（二）

早上第三节课，我一走进教室，“张三分”拄着拐杖“屹立”在教室的最后面。一看到我，就大喊：“王老师，我昨天不小心把脚给弄断了！”我淡定地笑笑。我知道他没有受伤，受伤的是班里另外一个学生，在打篮球的时候扭伤了脚，他用的拐杖和轮椅就成了很多同学演戏的道具。教室里，走廊上，经常会出现推着轮椅或拄着拐杖的各种形态的“伤员”，旁边还跟着几个“助人为乐”的“活雷锋”。但像今天这样雕塑一般静态的表演，旁边无一人跟着起哄的场景，我还是头一回见。不知道这个“张三分”葫芦里到底卖的是什么药。我走到他面前，踢踢他的脚，说：“别装了。”他装作被踢到很痛苦的样子，捂着脚，哭丧着脸道：“老师，昨天做你布置的断句题，把脚给做断了！”异常安静的教室里终于传来一阵欢快的笑声。张三分就是用这样的行为艺术表达了全班同学做文言文断句题的苦恼。

（三）

张三分从来没有手足无措的时候，但有一次，他显得有些害羞。那次，我从学生交上来的随笔中发现了一个秘密：班级里一个女生写了一篇随笔，写自己与一个男生“杰”接触过程中的点点滴滴。洋洋洒洒几千字，写得温婉细腻感人。言辞之间难以抑制对这个男生的倾慕之情。我想要把这篇文章打出来作为范文，被这个女生断然拒绝。这更加证实了我的猜测。后来这个女孩将这篇文章拿去《作文天地》发表，刚好被我看到。于是我对张三分说，我这里有一篇文章写得很好，推荐你去看一下。他很好奇，拿着作文一口气看完时已经满脸通红，平时那一副“无赖”劲全然不见踪影。为了掩饰自己的囧样，他甩下一句“我走了！”头也不回就走了。过了好几天，我问他：“文章写得怎么样？”他一脸的气愤：“王老师，你到底想说什么！”

好多次被他的“行为艺术”戏弄，这次总算用我的“行为艺术”戏弄了回来。

（四）

那天应该是“张三分”最开心的日子，因为他已经得到通知，顺利地通过了保送生考试，被南开大学录取。我真的很替他高兴。虽然他屡次默写得3分，但他把所有的业余时间都用在博览群书上了。知识面广，时有创新，幽默风趣，偶有犯错也让人生气不起来。

我送了他一本莫言的《生死疲劳》，因为这本书的风格与他平时写的荒诞文风有些接近。他说，王老师，你应该给我题个词。我顺手在书的扉页上写上：“默写拿3分不算意外，考上南开才是最大的意外。加快步伐，让行动跟上你的思想！——赠张三分先生”。他拿着书，笑得很开心：“王老师，你又拿我开涮！”

七班怪杰

一天，有个学生向我密报："老师，您知道许成杰在毕业留念册上写了什么吗？"我笑答："虽然我不知道他写了什么，但我知道他一定没什么好话！"后来拿到毕业留念册，翻开许成杰这一页，果然，"兴趣爱好"一栏赫然写着："以挑衅王若冰为乐。"这就是许成杰的作风。

我所任教的七班有"三杰"，许成杰是最嚣张的一个。他会当面理直气壮地叫我"王若冰"，上课理直气壮地与我抬杠，还会出言不逊地批评我教学工作上甚至生活上的各种失误，而且非常爱管闲事。备课组的一位同事请假，我给他代课，还没进那班教室，就看到杰跑在我前面通风报信："今天，王若冰给你们班上课啰！"一次课间操的时间，我刚好课文内容还没上完，就占用了，没想到这个爱管闲事的杰从对面教室跑了过来，当着我班同学的面教育我："王老师，要做眼保健操了，还讲个没完！"我生气地白了他一眼，对班里同学说："别理他，上我们的。"可他竟赖在教室门口不走，还不时地挤眉弄眼，害得班里的同学不时窃笑。最终我不得不匆匆收场。但事后一想，那天他叫我王老师，已经给我很大面子了。

许成杰擅长造句、搞笑和一切有创造性的事物，所以在七班颇有市场。

一次我穿了一件米黄色的羽绒服，领子和袖子用黑色的蕾丝镶嵌。一走进教室，就听到杰在嚣张地大笑：“哈哈，怎么教室里飞进一只小蜜蜂了！”于是，“小蜜蜂”就成了我的昵称。他常用的一个句式是：“王若冰，你怎么这样！”读错一个字音，他会说：“王若冰，当语文老师怎么这样！”当他做了傻事被我嘲笑的时候，照例是：“王若冰，当老师的怎么这样！”

还记得一次上课，讲到成语“半路出家”，我打了个比方：假设我学的是历史专业，现在在教语文，就是“半路出家”。杰大叫着纠正我说：“不是历史系毕业，是体育系毕业。”于是全班同学大笑。说起这，还有一个典故：高三最后一次运动会，我当班主任的5班拿了冠军，还有杰所在的7班是亚军，两个任教的班级分获冠亚军。我很荣幸地被这两个班的学生封为“体育总教头”。每当我来上语文课的时候，他们就提醒我走错教室了，他们这节不是体育课。高三复习成语的时候，我列出了一些容易用错的成语和熟语：瘦死的骆驼比马大、不情之请、指日可待……请几个同学解释了这些成语和熟语的意思和用法后，杰自告奋勇：“老师，我可以用这三个词语造句。”还没等我颔首，他已经开口了：“虽然王老师班里有几个体育健将到立命馆班去了，但瘦死的骆驼比马大，这次运动会还是拿了冠军。楼林军副校长了解了情况后，对全校师生道：我有一个不情之请，我们聘请王若冰老师做我们的体育总教练，那么，杭外的体育事业指日可待了！”全班同学鼓掌！

我想他就是这么一直挑衅他的语文老师，所以把自己的语文成绩挑衅到了班级里的末端。不管你怎么劝说、批评还是嘲笑，他就是作业不好好做，上课不好好听。终于，到了高三的时候，他对自己的语文成绩忍无可忍了。于是，他好几次过来跟我探讨如何学好语文。他每次为自己的“懒”痛心疾首，却从来不见有任何改善。一次，他说起自己的语文成绩打初中以来从来就没有上过班级平均分，我就刺激他：“如果你这次期末考上了平均分，我请你吃饭！”他笑笑。第二天我把这事在他班上大肆宣扬，还特地加上了一句：“我就想做个顺水人情，反正这钱就像放在自己口袋里一样安全。”这次，许成杰的表现还算安静，也没有说：“王若冰，当老师的怎么这样！”但那以后的几周，我确实看到了他的变化，上课也安分多了，还不时地做一下笔记。发下去的练习，虽然纸上没写多少字，但提问的时候回答得最快的是他。一个月后的月考，他刚好上了平均分，还多出一分。等我要实践诺言的时候，他向我甩下一句话：“先留着。等下次一起请，档次高点的。”为他这句话，我还一直在期待。但不久他就被保送到北京航空航天大学去了。这使他颇有些失落，仿佛一场拳击比赛，自己力气还没有使出来，对方就被打败了，让他非常不过瘾。

临走的时候，许成杰蹭到讲台桌边，说：“王老师，你看剩下的这些人（指没有被保送的，大概当时班里还剩下十几个学生）还这么不懂事，还有人这么懒，这下子你有得受了。”他说这话的时候我很想笑。因为就在不久前，他就是这些又懒又不懂事的人中的杰出代表。真是“士别三日，当刮目相看”。

自从许成杰被北航预录取以后，教室里彻彻底底地安静了。很长一段时间内，每次上完课，我都若有所失。我又开始怀念起与许成杰抬杠的日子了。

高考第一天，我又见到了杰。第一门语文刚考完，学生们陆陆续续地从考场出来，就听到许成杰在考场所在学校的大门铁栏杆外大声嚷嚷（因为他是保送生，不参加高考，所以只能站在校门外为高考同学助阵）：“王若冰，你出来！你敢说你们班高考成绩会比我们班好吗？！”我在铁栏杆内大声应和：“一个连高考都不敢参加的人还敢跟我们挑衅！”他气急败坏地嘟囔了一通，终于第一次觉得心虚了。

现在，我还留有杰的一张特写照：运动会3000米跑步，有一个微胖的身影，有气无力地落在队伍最后面，脸上写满了痛苦的表情。这张特写照曾经是我的撒手锏，每次被杰嚣张地批评的时候，我就会拿这张“猥琐照”给他看，让他认清一下自己：其实他也没那么帅！

前不久，我听说一个已经毕业了的学生来学校找我“冰桶挑战”，刚好我不在。我想，这个人一定是许——成——杰。

学霸陈禹伸

陈禹伸是我们年级有名的学霸，文理科兼长，尤其是数学。一次总分 120 分的数学卷子考了 105 分，算是刷新他最低纪录了。于是每逢一个老师，他都要深恶痛疾絮絮叨叨一番："老师，你知道我数学考了多少分吗？考得很烂很烂你知道不？"如果遇上几个不大相信的眼神，他就更要啰唆一番："最后一道 20 分的大题我竟然做错了一半！第二道填空题明明是……"当然，我从不理会他的这些忏悔和唠叨，因为这太对不起其他同学。有些孩子拼尽全力才拿到 100 分以上的高分，正在沾沾自喜呢，你这"很烂很烂"不是刺激大家吗？

其实陈禹伸除了成绩好，其他一点都没有学霸的样子。他常常正事不做，倒在一些无聊的事情上花时间。说起来也许大家都不相信，虽然他每次考试都在年级里名列前茅，却是班上几个长期不交作业的懒虫之一。这让我们老师很为难，要整顿作业，先要从陈禹伸下手，但陈禹伸是个顽固分子，不管你批评、讽刺、告状，他都满不在乎。所以久而久之，他作业交不交完全靠他喜欢不喜欢，而每天，他也至少会完成一项作业，算是享受一下作为一个学生的权利吧。平时不做作业，他干些什么呢？钻牛角尖呗！数学一道题，人家十几分钟做完，他要做个一两个小时，不知道哪个步骤他岔出去了，于是又是翻书，又是找老师讨论，或是自己埋头苦思。折腾了很久才心满意足地回到题目本身。语文也是这样，遇到一个字，他要翻半天字典。有时候一篇短短的文言文，字典被他翻了大半本，还拿着折好的地方过来跟你辩论。

最无聊的莫过于他的无聊。我扎个短辫子，又没碍着他什么事，可是一进教室就被他指手画脚地评点，说什么“头发这么短还扎，马尾都算不上，只能算一棵马尾草”。于是，“马尾草”就成了我的美称。每次我走进教室，一大群同学都会热情地招呼我：“马尾草来啦！”这时陈禹伸就会不厌其烦地跑到黑板前画好几棵马尾草，你擦掉一棵他再画一棵，一直到黑板上长满了马尾草。

陈禹伸的无聊不止于此。因为他电脑技术不错，特别爱在教室的电脑上做手脚。你刚打开电脑，电脑屏幕上就会出现一个任课老师被PS过的照片，头是他的头，身是班级里一个女生的身；你课上正渲染好气氛，准备好好煽下情让几个脆弱的女生掉掉眼泪，可突然课件上跑出来一群“杜甫”正跳着桑巴舞，于是整个悲伤的气氛被一阵哈哈大笑声消释得无影无踪；刚下课，课上还在用的U盘不见了，于是满桌满地地找，找得要放弃的时候，陈禹伸出现了，先是假惺惺地问，老师您在找什么？然后就伸出一只手，说这是不是您的？手上躺着的正是我的U盘。我狠狠地瞪了他一眼：“干吗不早说！”回到办公室一打开U盘，里面的资料全都不翼而飞。这下吓得不轻。转身朝陈禹伸飞奔而去，这时他就会镇定而淡然地说，不就是文件被隐藏了吗？我帮您弄回来就是了！于是，凡是以后我的U盘找不见了，或是课件出了什么问题，我都立马找他算账。后来他就成了我电脑的“御用修理工”，凡电脑上有什么问题，或U盘出现了什么问题，他都会很热心地帮我修理，因为还可以乘机玩一下电脑以解除他的“电脑饥渴”。

自从我做了陈禹伸的语文老师，最害怕的事情就是接到陈禹伸爸爸的电话。因为每次接完他爸爸不会短于半个小时的电话后，我就会一直处于纠结之中。他爸爸的电话永远只有一个主题，说来说去就这么几句话：“王老师，您帮我劝劝陈禹伸，他这样不行。什么事情都要随大流，走主流。他老是瞎琢磨，剑走偏锋，这以后怎么在社会上混？！”我一开始还跟他爸爸理论，说如果你让他走主流就不是陈禹伸了，您儿子的特长就是“瞎琢磨”，以后也许还真瞎琢磨出个名堂来。但当我发现陈禹伸的顽固遗传自他爸后，我再也不费尽心机给他爸做思想工作了。每次他爸打来电话，我就满口答应。但我从来就没有试图劝说改造过陈禹伸。只是，在某些时候，我会想：将来的某一天，陈禹伸会被他爸爸改造成功吗？或者，陈禹伸会被这个社会改造成功吗？我不敢想。

妖哥小传

妖哥是文理科分班后才到我班的。听大家都叫他妖哥，我还有点担心他到我班会掀起一股妖风，把班级弄得乌烟瘴气。后来才发现，“妖哥”虽谈不上一身正气，但与“妖”确实搭不上边。如果硬要将他这个人与“妖”搭上关系，那也许是他身上有一股吸引人的妖媚之气。

中午走进教室，经常可以看到妖哥被众姐妹环绕的景象，这在我班这样一个仅存五个女生的理科班实属罕见。妖哥身边的美女多来自隔壁的文科班——他原来的班级。他原先的好姐妹们都留下读文科了。但妖哥一点也不寂寞，每天总有一两个姐妹会过来陪他，给他报英语单词听写，帮他这个宣传委员出黑板报，偶尔也会陪他聊聊天。每次我走进教室，妖哥和他的姐妹们都会有礼貌地跟我打招呼，显得光明坦荡的样子。这让我不得不用“纯洁的友谊”来看待他们。确实，两年下来，也没有听到任何关于妖哥的绯闻。

一次与班上的一位男生说起妖哥，他说：“跟妖哥在一起，男生觉得他是个男人，女生觉得他是个闺蜜。”一个人若能做到这种境界，便不枉此生了。

妖哥一直是班里的宣传委员。我们这个班，有很多体育健将，但少有能写会画的人才。一次科技节，请班里最能画的高手画了一幅爱因斯坦头像。乍一看，大家都以为是一头雄狮。因为不论从哪个角度看，这位满脸胡子的科学达人都更像一头雄狮。这让身为宣传委员的妖哥很是纠结。每次出黑板报，他都要费尽心机动员大家出人出力，但每次都是以他亲自动手而告终。有那么几次，妖哥真的生气了，他大喊一声："第 × 组同学赶快行动，必须在明天下午放学之前完成！否则全部扣分！"大家先是怔了一怔，因为向来温和有礼的妖哥难得发这么大的火。但是，第二天放学前，我看到的仍然是妖哥和他的几个"铁杆姐妹"在那里奋力作战。

妖哥为人随和，大度，并不多愁善感。但你跟他相处久了，你便会发现妖哥其实是个典型的"文艺青年"。他的作文，抒情味很浓，有一种"为赋新词强说愁"的味道。他的文章常常从开头一段就开始抒情，到最后还是抒情。其中还夹杂着很多排比句和对偶句。这就决定了他的文章老写不长。要求 800 字的作文，他写到 500 字就没词了。为了凑足字数，他绞尽脑汁，大有"衣带渐宽终不悔，为伊消得人憔悴"的悲壮。不知从哪天开始，他每天背着个吉他，跟班里的另外一位文艺青年，到处秀他们的才艺，还参加了校园的十大歌手比赛。我有幸看到他们演出的视频，文艺范儿十足。为此，他梦想着自己能到传媒大学去实现自己的文艺梦。

但是，这个梦想不久就破灭了。他的爸爸为了增加儿子上重点大学的"保险系数"，一定要让他报军校。

那段时间是妖哥最为苦恼的。在他数次与他爸爸交涉无果之后，这位阳光少年开始真正懂得"愁滋味"。我也很替妖哥抱不平，说实话，胆量的角逐和力气的比拼，这绝不是妖哥的长项。尝试着跟他爸爸沟通后，我只能无奈地拍拍妖哥的肩膀，道声“珍重”。

报军校带来的直接后果是，每一次报名、确认、考试，妖哥都要往老家跑。因为军校只能在户籍地报名和考试。这样从杭州到温州来回奔波了很多次，妖哥身心俱疲，连他老爸都有点后悔。

高考的时候，妖哥在一个陌生的校园与一群素昧平生的学子一同考试。而这并不是让他最失落的。他最绝望的是，这就意味着他不能同相处了多年的兄弟姐妹们一同拍照留念。因为高考考完的当天下午，年级里和班级里都要拍毕业照。从高考的最后一门10点半结束到下午1点钟开始拍照，这之间只有两个半小时的时间。而从温州到杭州的小和山，至少需要4个小时。

虽然妖哥事先已经把他的照片存放在我这儿，说万一赶不上只能把他的头像P上去，但是，他还是下定决心一定要赶上班级的毕业照。我不知道他是怎么做到的，是考试的时候提早交卷，还是一路上一刻不停地催促他老爸快马加鞭超速行驶？我没有问过他，只知道他气喘吁吁跑到照相现场时，刚刚赶上拍班级照。那时全班同学正在一再请求照相师稍稍等几分钟，当妖哥跑进学校大门的时候，眼睛一直盯着校门口的同学们不由自主地鼓起掌来。这时妖哥像奥运长跑冠军那样在大家的热烈掌声中飞奔而来。

妖哥站定，只听“咔嚓”一声，他惊魂未定但非常满足的神情就永远地定格在高三（5）班。

幸运的是妖哥最后没有去考军校，而是上了杭州的一所理工大学。现在的他如鱼得水，身兼数职，还是学校一个重点研究项目的唯一负责人。他的周围还是美女如云，但仍然没有听到他的任何绯闻。我想，他的妖媚之下隐藏着的是一身正气。

伊~周~

伊～周～是我的学生。刚刚接任这个班级的时候，凡是讲到一些不好的事情的时候，总有人阴阳怪气地喊一声“伊～周～”。我不明白什么意思。问学生，才知道“伊周”是班里一个学生的名字。

伊周其实是个很阳光很帅气的孩子。因为他学习基础比较薄弱，学习习惯不是很好，经常不交作业，成绩又一直是班里垫底，所以经常被同学嘲笑，为老师们所不齿，久而久之，他的名字就成了一个“贬义词”。

学期初，我问谁有兴趣负责登记同学们语文活动的大拇指（凡是在作业、语文各活动中表现良好的都可获得一个大拇指的奖励，积到一定数目可以兑换奖品），伊周兴冲冲地跑来告诉我说他可以。于是，我就把这项任务交给他负责。每天放学，他都会很准时地来到我的办公室，问我今天哪些同学获得大拇指，他会把他们一一登记在册，工作非常认真。偶有几次，他自己得到了大拇指，他就兴奋得一蹦三尺高，并把这个重大的好消息告诉他的父母。

一次，我召集我的几个语文课代表开会，伊周没有来。第二天，我问他为什么不来开会。他睁大了眼睛：“老师，您是说我也是语文课代表？！”当他从我口中反复得到证实之后，还是有点不敢相信自己的耳朵，一边自言自语地说着“原来我也是语文课代表”，一边一路小跑蹦回教室。

自从伊周荣升为语文课代表，他走路的时候头都抬高了。一次听写破天荒地一次性通过，乐得他一连好几天合不拢嘴。自从那次听写后，他工作更来劲了，有时候，其他课代表忘记做的事情，他都会替他们做好。

但是，这并没有改变他在班里的形象。教室里还是会经常传出“伊︿﹀周”这样阴阳怪气的叫声，后面还跟着一阵哄笑，屡禁不止。

有那么一段时间，我看到了伊周很努力的状态。我也经常鼓励他，督促他，帮助他纠正一些不良习惯。无奈，对他来说，想要各门功课都突破及格线，是极其困难的事。慢慢地，他又开始松懈下来了……

期中考前那天晚自修，我刚好值班，我看到伊周拿着书半天都翻不过去，怕他又在发呆，就走到他旁边摸摸他的头，问他：“语文都复习好了吗？”他点了点头。我本来还想问问他有没有什么问题需要我帮他解答的，但看到他的眼圈一点点开始发红，眼眶里盈满了泪水，却努力忍住不让它掉下来，我连忙走开了。因为我想一个男孩肯定不希望别人看到他最为脆弱的一面。这是我第一次看到伊周掉眼泪。

上完朱自清的《背影》后，我布置学生给他们的父母写一封信，把自己心里真正想说的话写给父母，然后又让他们父母写一封回信。当我看到伊周父母回信的时候，特别感动。里面有这么一段话：“孩子，这个学期你回来很高兴地对我说来了一个新的语文老师，她和蔼可亲，让你觉得很温暖。爸爸妈妈平时对你太严苛了，很少去关注你的内心。从今天起，妈妈也想做一个温暖的人。……”温暖，这个词语让我很触动，也让我很惭愧。因为我跟他妈妈一样，也是无法走进他的内心，在他学习这件事情上，我同样是显得有些无助，不知该怎样真正帮到他。

第二次听到“温暖”这个词语，是在第二个学期开学的时候。班里少了伊周，问班主任，说他请假。第二天，接到他妈妈打来的电话，说非常感谢我对伊周的关心，让他觉得很温暖。但是，因为成绩的原因，他们想让孩子出国读书。最后一连说了好多个谢谢。

我不知道自己听到这个消息时，是喜是悲。也许是轻松，少了一个需要每天替他操心学习的人，可以减少一份责任？也许是庆幸，班级的平均分因为少了一个拖后腿的学生而上升了？或许是不舍，突然走了一个学生，心里觉得还是空落落的？或许是内疚，觉得自己没有彻底帮到伊周，在他最为困难无助的时候，没能阻止其他孩子对他的嘲笑和戏弄？或许……我无法说清那是怎样的一种心情。

就在我慢慢把这件事忘掉的时候，伊周突然出现在我的办公室，一顶鸭舌帽戴得低低的，走到我身边我才认出是他。我惊呼“伊周”，叫出声后才发现我看到他的时候是如何的欣喜。我问：“你怎么来的？听说你出国去了。”他“嗯”了一声，说：“我明天走，今天来看看您！”说着从书包里掏出一盒茶叶，放在我的桌上，说“谢谢您”的时候，我又看到他那发红的眼圈里盈满了泪水。他把帽檐往下一压，没等我开口，转身一溜烟跑了。

我一直在想，为什么一个被其他同学嘲笑的时候没有掉泪，考试考不好的时候没有掉泪，被老师批评的时候没有掉泪的男孩，在两个不是很悲伤的场景里却轻易落泪？恐怕不是“感动”“感恩”这些词语所能解释的。这泪水，是在长期以来“以成绩论人”的不公平待遇下的委屈吧？是不想离开这个学校、不想离开亲人、不想离开自己的国度而又不得不在十二三岁这么小的年纪就远渡重洋的无助吧？是对这样的口口声声素质教育、扎扎实实应试教育的教育环境的控诉吧？

最需要掉泪的，最需要忏悔的，应该是作为教育者的我们啊！

我的“前任”李欣怡

李欣怡曾经是我的语文课代表。她比我能干。每个语文早读，只要她往讲台桌上一站，没人不敢把语文书拿出来。曾经有那么一两个调皮的，或者早自修还在赶作业的，她就一直站在该同学身旁，大声呵斥：“把语文书拿出来！”颇有张飞大喝长坂坡的风度。有需要背诵的课文，她就在讲台桌上抽学号，抽到谁背谁就得背，赖也赖不掉。

记得有一次，我在和学生们聊天的时候，说李欣怡挺漂亮的。所有的男生都齐声大吼：“再漂亮也没人敢娶她！”这大概是平时受尽压迫的人们第一次联手起来大胆反抗。这一吼让李欣怡很受伤。她一反常态地沉默了一整天。第二天，我走进教室的时候，有好几个学生拉着我求我：“老师，快救救我！”我以为发生了什么事，一问才知道，原来，李欣怡一直都在唠叨着要“改邪归正”，立志要做一个淑女。还跟着很淑女的同桌陈嘉彤，东施效颦学她各种说话的语气、走路的动作、拿笔的姿势，甚至上课发言时举手的高度……同学们才发现：原先很豪放粗犷，说话高嗓门的李欣怡，一旦变成“淑女”，真是太可怕了！有几个在李欣怡的细声细气文里文气的言行举止轰炸下明显已经神经崩溃，因为他们突然感觉整个世界都“乱套”了。

就这样折腾了好几天，最后连李欣怡自己都觉得要变成“淑女”比去做变性手术还要难，所以只好不了了之了。

所以，李欣怡还是原来那个李欣怡。自从她做了我的语文课代表，我这个语文老师的事情就少了很多，很多语文活动我都放手让她去组织，绝对不负众望，凡事做得井井有条。所以，当有同学向我提出李欣怡不适合做语文课代表的时候，我还真有些舍不得。

但是，李欣怡真不适合做语文课代表，因为她不爱学习。稍微细心一点的同学发现：李欣怡抽学号背诵，却怎么都不会抽到她自己。我已经心生疑窦，但不敢挑明。直到有一天，我上课抽背，刚好抽到她。于是真相大白于天下。于是，李欣怡就成了我的座上客。每次背诵、听写，我都要亲自抽查督促。即使这样，她也会想出各种法子与我周旋，直到我败下阵来。为这事，她还挨过她爸一顿痛打。但是打归打，被打的时候痛哭流涕，一转身又是一脸阳光。这学期上胡适的《我的母亲》，不知是谁从胡适母亲的打骂教育说到了自己的父母，于是全班有几个深受皮肉之苦的学生一个个站起来控诉。最突出的就是李欣怡，她历数自己的“血泪史”，引得班里同学一片唏嘘，几个女生几欲掉泪。她却一句“没什么，我就是越打越坚强的打不死的小强！”轻松收场，一脸的自豪。

到最后，我只能拿出我最后一张王牌：“李欣怡，如果你不好好反省端正态度，语文课代表就别做了！”这一招还是有些威慑力的，因为组织和管理是她的长项，也让她特别有成就感。但是，比起背书学习的痛苦，她还是忍痛割爱了。一天课间，她在我耳畔轻声说：“王老师，我能否向您推荐一个特别好的人替我做语文课代表？”

于是李欣怡就成了我的“前任”。

期中考前复习，我让学生们把自己认为重要的字音、词语写在黑板上。李欣怡硬是挤进黑板前的人流，写了一个大大的“优雅”。同学们都不明就里，包括我在内。因为这个词语无论如何都算不上是生字生词或是这个学期要掌握的比较重要的词语。但李欣怡振振有词：“我就是觉得它很重要！”于是大家笑她：“李欣怡，你是不是觉得自己很优雅？”语气明显带有反讽的味道。没想到李欣怡顺水推舟，欣然接受大家的美赞：“对，我觉得自己很优雅！”教室里又是一片善意的笑声。

课上到一半，突然一个男生向我发出了求救声：“老师！快把它拿走！很恶心。”我过去一看，他的课桌上安安静静地趴着一只蜗牛，旁边还拉了一坨屎。看我过去，他补充道：“我最怕蜗牛了！肯定有同学故意把它放在这里想害我！”同学们都不怀好意地看着他笑。说心里话我也是最怕这类昆虫了，但我又不能在同学们面前表现出害怕的样子。正在我不知所措的时候，李欣怡“噌噌噌”向前，用手抓起蜗牛，说了声“老师，我去去就来”就“噔噔噔”地跑出去了。回来时气喘吁吁地向大家报告：“我找了一棵适合蜗牛生活的树，已经把它妥妥地放上去了。”此时，大家都用佩服的眼光看着她。

此时，我很想告诉我的“前任”李欣怡：你不用向其他的同学学淑女，装优雅了。你自己就是一个优雅的人，自内而外！

大头男孩

（一）

高三有一段时间，最让我苦恼的就是“大头”了。

短短一个月，我找他谈了四次话。

每次我尝试着用不同的方式：第一次，鼓励加油，失败！

第二次，动之以情，失败！

第三次，晓之以理，失败！

第四次，我真想把他臭骂一顿，告诉他：你是我见过的最脆弱没有出息的人！但我忍住了。每次看到现在这个内心很不快乐却又强颜欢笑整天无所事事的大男孩，就越是让我想念以前的那个充满青春活力每天带着一脸灿烂微笑的他。可是，我发现自己的力量是那么的微不足道，甚至不能改变任何东西，这点让我对自己很是失望。

记得他刚来我班的时候，一脸的纯真稚气，看去有点懒洋洋的。相貌平平，成绩平平，也没有什么特长，个子不高，头却很大，同学们昵称他为“大头”。那年运动会，他是啦啦队队员，负责给运动员们加油送水。自从大头充当啦啦队队员以后我才发现，当啦啦队队员绝不是一件简单的工作。他跑上跑下为运动员提包送水，运动员想吃什么喝什么他飞奔到学校超市去买，还主动替运动员按摩敲背，其辛苦忙碌绝不亚于运动员。运动会结束，打扫看台的同学拿着扫把轻轻一扫就完事了，他留下来，把因下过雨黏在地上的纸屑，一张张用手去捡了放在垃圾箱里。原来看上去懒洋洋的他，骨子里头是这么认真的一个人。

他的事迹被我在班级里一宣扬，他做事就更来劲了，学习也更上心了。早晚自修，经常看到他一个人拿着课本在走廊里背书。

自从他决定去考日本立命馆之后，他的劲头就更大了，每天花很多时间练口语，写自荐信，找人给他模拟考试。忙碌了几个月之后，他信心满满地站在主考官前面。考完出来，我们问他考得怎么样，他笑笑说，应该没问题。

可是他的信心遭到重创。原先他设想自己至少能拿到 50% 的奖学金，可是录取通知书颠覆了他的梦想：他没有申请到任何奖学金。而这就意味着一年二十几万的学费和生活费全部要自己承担。原本并不富裕的家庭无力承担高额的留学费用，妈妈流着泪劝他放弃。他没有其他的选择。

从此，“大头”的梦想就失落在决定放弃的那个晚上。脸上依旧挂着笑容，但那只是他用于自欺欺人的面具，他的热情不再点燃。眼看几个月就要高考了，但他不听任何人的劝告，每天要么捧着一本课外书在其他同学的一片刷题声中逍遥，要么靠在教室走廊上长时间发呆。周末不愿回家，回家就把自己锁在房里。

每当我看到他心里难过时，我就会想到他的母亲心里会有多难过。而每当我以一个母亲的身份再去想他的母亲时，这种剧烈的难过就会扑面而来。

这次，我就不小心触及了这个话题，我对他说：“在你不能上立命馆这件事上，最难过的不是你，而是你的母亲。眼看着自己的儿子日益沉沦却无能为力，不能为儿子实现梦想助一臂之力，这样的母亲应该是很痛苦的吧？”

说着我的眼泪又不争气地出来了。我有些尴尬，只能草草地结束了还没有展开的谈话。不知道他看到我的眼泪，会不会想到他的母亲。

（二）

几周后，“大头”主动来找我，想看看这次月考的成绩。我内心很激动，因为直觉告诉我，这是一个很好的兆头。但我装作很平静。走廊里一起走过来时，我只字未提他今天找我的主题——学习，而是跟他聊起了去年这个时候春游的照片。4 月 1 日，是杭外每年一次的春游日，今年因为是高三，理所当然地要留校复习，眼睁睁地看着低年级的同学如他们的过往，一脸的朝气和喜气，雄赳赳气昂昂地出发。每个人都恨不得回到过去。我也忍不住把去年春游时拍的照片翻出来回味一番。几十张照片，几十张满溢着青春的笑脸，最突出的要数大头了。几乎每张照片都有他，他那一脸满溢出来的幸福、开心、纯真的笑容，让人好生感叹：这就是青春啊。我把我的感受告诉了他，到了办公室，我就把电脑里的照片打开给他看，当他看到照片里曾经的自己，应该也有很多感慨吧。

看过成绩，我什么也没有说。只是告诉他：还有一个多月的时间。他也什么都没有说，转身，留给我一个略带落寞的背影。

（三）

最后一次语文月考。“大头”只考了78分。他有点落寞。我告诉他，语文要拿100分一点儿也不难。他抬头看着我。我捕捉到眼中的一点闪光，就趁机给他提出两个要求：散文或小说阅读好好复习一下，20分至少要拿15分，比你这次考试得分要多出7分；默写允许你错一处，6分拿5分，比现在得分要多出3分。作文你的底子很好，只要好好审题，不偏离材料，完全可以拿45分，比现在高出12分。你看，只要这些分数拿到了，就可以考100分了吧。他算了算，果然。而且，这三块内容，是他不排斥而且有信心的。因为自从他不能上立命馆以后，就整天沉湎于课外书，他的困惑、思考和迷惘在文学作品中找到了契合，所以对文学产生了浓厚的兴趣。写的作文也有了广度和深度，已经有好几篇文章得到我的赞赏。但是，他作文太过自由，往往不顾材料自说自话，在应试作文中常常被判为离题。我递给他几份散文和小说的阅读题，让他好好做一做，做完再来找我。他接过卷子微微点点头，转身走了。

第二天，我看了一下他的阅读，才做了一篇。我说很好，把另外三篇做完明天来找我。做完卷子来找我，已经是五天了。但我还是感到惊喜。因为对他来说，能做完已经难得，主动来找我更是不易。我看完他的卷子，给他指出了所有答题上的不当之处，并给他归纳了散文和小说各种类型的答题规范。他记得很认真。我又给了他两篇文章，一篇散文阅读和一篇小说阅读，让他把我刚才讲的落实在做题中。

（四）

高考第一天。

晚上，我在班里值班。“大头”说要找我，神情比较严肃。我想这下完了，是不是早上的语文考得不好。到了办公室，我问怎么了？他说，我就是来告诉你一声，我语文考下来感觉还好。默写我写了 5 句，散文阅读我把你教我的都写进去了。我说太好了。他没有第二句话，傻乎乎地笑了两声，就走了。

晚自习快结束的时候，他说：“王老师，你是不是去宿舍？”我说是啊。他说：“那我跟你一起走吧。”我说，我不马上走，要到办公室整理一下东西再走，你先走吧。

晚自习结束，我回到办公室整理好东西，推门出来，“大头”站在门口，说，走吧。

从办公室到宿舍，路不是很长，但风景很美。一路凉风习习，清香阵阵。我们一路没有说太多的话，但彼此感觉到那种温馨和默契。

（五）

后来，“大头”被台湾一所大学录取，是他喜欢的营养学专业。期待有一天我能吃到一个专业营养师调配并亲自下厨烧成的美味佳肴。

红与黄

我班里每个学生都有一个绰号或昵称。跟他们混得熟了，我也就不直呼其名了。我不知道“老黄”这个称呼是怎么来的，他看上去并不老成，但我每次这么叫他的时候，感觉到自己还年轻。记得班里第一次排座位，我按自己的想法尽量把成绩好的和不太好的，吵闹的和安静的排在一起。结果好几个同学不满意：有的嫌位置太靠前，有的又嫌坐后面看不见；有的不喜欢同桌，有的嫌黑板反光……教室里乱糟糟的，我的心情也很差。回家的路上，老黄发来短信，说同学们提出各种无理要求，这个时候就不能心太软。还安慰我不要伤心难过。最后署名“老黄”。在看到短信的一刹那，我恍惚觉得我才是个学生，而我的学生老黄，则是我的师长。

那个时候，老黄在班里还只是一个普通群众。但自从他“拍了桌子”以后，他的管理才能初露端倪。那是一个晚自习，班级里时不时有吵闹声，纪律委员叫大家安静，但不起作用。此时，老黄猛然一拍桌子，大叫“不要吵！”，全班同学顿时噤声。谁都想不到一向和和气气的老黄发起飙来会有这么大的能量，那个晚自习肃静。

于是，老黄成了我们班纪律小组的组长。高中两年，老黄凭着他自己的认真负责和体育特长在班里树立了威信，成为5班三连任的班长兼纪律委员。

说起老黄，学校很多人都认识。因为他是位“体育明星”，拥有众多的粉丝。一年一度的校运动会，像是特别为他准备的庆典。他擅长三级跳和跑步。尤其是三级跳，是他的专场演出。他出场时就气度不凡，旁边有一群喽啰给他拿衣送水，还跟着一个专职“按摩师”。每当他起跳的时候，全场便传来女生的一片尖叫声。最精彩的是他第三轮的起跳。因为第一轮、第二轮对他来说都是走过场，这从他衣着的变化就可以看出。一开始他穿着长裤，力气才使出一半。第二轮他把长裤脱了，穿着到膝盖的裤子跳，使出70%不到的力气。第三轮他脱了只剩一条红短裤，那是他标志性的服饰，说明他已经开始兴奋，要奋力一搏了。这一跳是最为精彩的，只见他像雄鹰一样整个飞起，秀出全身饱满的肌肉，在空中停留一会，才猛然降落，动作极其优美。

但高三最后一次运动会，老黄决定要放弃他最擅长的三级跳远，改报400米。我吃了一惊，他很淡定地笑笑，说：“王老师，这是我们的策略，这次我们一定为班级赢得运动会冠军！”我说：“班里就这么点人，还有好几个健将到立命馆班去了，你们能拿到第三名我就很满足了。”他笑笑。后来我才知道他们的策略：老黄主动把三级跳冠军的位置让给班里的另一个同学，因为有老黄在，他就只能拿第二。而老黄呢，准备挑战一下400米，而且一定要拿下400米的冠军。

由于压力太大，比赛前的那个晚上，老黄一直在拉肚子。第二天起来，早饭都没有吃，就去跑步，跑了400米拿了冠军，又去跑4×100米接力。一天下来，他瘫坐在看台上。看着这个跑步时生龙活虎的“拼命三郎”，全班同学都很心疼。眼看天都黑了，其他班级的学生早就吃饭去了，但我们班全体同学，都静静地陪伴在老黄身边。后来我说："这样吧，我带老黄去吃饭，给他增加一点营养，其他同学都回去吧。"同学们这才慢慢散去。

第二天，老黄又活过来了，在4×400米接力中，不管班级其他选手落下多少，他都给你一一扳回来。只见他穿着这条标志性的红短裤，像一阵红色的旋风，赶超一个又一个选手，最后潇洒地撞上终点线。

每年运动会过后，都会有一群女生给他写信，她们甚至还来不及打听清楚这个红色旋风姓甚名何，就迫不及待地想跟他交朋友。

所以，每年的这个时候，我都要提醒一下老黄，一定要沉得住气，要挡得住诱惑。他也满口答应，显得很老成稳重又乖巧的样子。但实际上，看得出来，他有点招架不住，因为总要神情恍惚一段时间才慢慢安下心来。

但是，我担心的事情也总会发生。

一个周末的晚上，我骑着自行车锻炼身体，远远看到一对情侣，男的挽着女的肩膀，有说有笑。在我骑车经过他们的一刹那，我突然觉得这个男生很像老黄。但因为天色比较暗，所以也不敢肯定。想想可能是自己认错人了。

过了很长时间，有一次跟他聊天的时候突然想起这件事，就随口说有一次在某某地方看到一个人，好像你。他没有什么反应。我更加肯定了不是他。

哪知道他走出了我办公室后又折了回来，说："老师你看到的是不是两个人？"我没有回答，只是好奇地看着他。他说："那是我和我女朋友。但是我们没有影响学习。"好，不打自招，还来个"此地无银三百两"。我问他："你是真心喜欢她吗？"他说："是的。""那她不在的时候会不会想她？给她发完短信是不是时刻牵挂着她有没有回？如果没有回是不是想着她会不会生气了？每到周末是不是迫不及待地想和她看个电影压个马路？……”他点点头，我总结：真心喜欢一个人不可能不影响学习啊。

没多久他告诉我：“王老师，我觉得你的话有道理。我把手机放您这里。我俩约好了，等高考结束后再联系，为了感情影响学习、影响前程不值得。”

这么理性的表态我还是头一回见着。

毕业的时候，有人想把老黄的那件见证了他三年来在赛场上叱咤风云英雄事迹的红短裤给拍卖了。他舍不得。结果，班级的每个同学在他的红短裤上签了名留作纪念。

有一天，我让学生猜一个谜语：红与黄。居然有学生猜出，那就是“老黄”，因为他有一件人见人爱的红短裤！

胖　子

我很想说：胖子其实一点儿也不胖。但遗憾的是：他真的很胖，一米八几的个子，两百多斤的重量，我这个一米五有余八十斤不足的瘦小型老师往他旁边一站，仿佛小人国与大人国的代表在谈判。在众多学生的绰号中，有些是我一下子就能叫得出口的，如“姜大”“武哥”“老黄”“霸弟”，只有胖子，我一开始不敢叫，只怕这个绰号有着放大别人缺点的轻侮。但见到全班同学“胖子”“胖子”叫得热乎，他本人也应得不亦乐乎，我便放胆叫他“胖子”。

胖子有很多烦恼。高一的时候军训，特大号的衣服勉强被他撑在身上，上衣都快缩到腰间了，仿佛一个衣服跟不上人长得快的小孩。在众人的欢笑中，他嚷嚷了很多次要换衣服，无奈特大号的衣服已经是极品了，他也只好将就了。

每天下午的阳光跑步，也是他极为苦恼的。在跑步动员班会上，我宣布了跑步的规则：“全班同学四路纵队，齐头并进，绕校园一圈，不得有人掉队。”最后问：“谁有问题？”全班同学刷一下回头看最后一桌，胖子高高地举着手。我故意激将他：“你该不会跑不过我这个四十多岁的弱女子吧？”他毫不犹豫地点头：“跑不过。”这话倒一点儿也不假。因为负荷重，他没跑几步就气喘如牛，等跑完全程，已经满头大汗，汗流浃背，人都快虚脱了。我拍拍他的肩膀，说：“干得好！你就把跑步当作最好的减肥方式。一个学期下来，包你甩掉几十斤肉。”

也许是对自己的身材多少有点自卑，也许是对自己的成绩不是很自信，高一有一段时间，胖子挺消极的。他写了一篇作文，表达自己的理想。意思是人活着干吗要这么累，“我”的理想是回老家种种地，每天晒晒太阳，能养活自己就行了。我曾经对他这样的理想耿耿于怀，想方设法去改变他的世界观，想让这个年轻人有些朝气，有些上进心。可是他好像一点儿不为所动。

高二的时候，我突然惊喜地发现：胖子变了。以前让他担任班干部，他撂下一句话：“我自己都管不好，还管别人？”现在，当副班长，主管班级日志，做得极其认真负责。每天下午 3 点 50 分，他像闹钟一样准时出现在我办公室，手里拿着班级日志让我签名，然后拿给年级组长。有那么一天他没有准时出现，我放下手头正在批改的作业，跑到教室，看看究竟发生了什么。原来胖子感冒吃了退烧药，靠在桌上睡着了。在这一年中，胖子的种种表现让我领略到一个阳光开朗自信、有责任感的年轻人的魅力。

高二的那次运动会，胖子作为后勤主力，被我“分配”给班里的体育明星老黄。于是，在运动会的三天三十六个小时中，只要看到老黄，就可以看到胖子忠心耿耿地跟在他后面。晴天替老黄拿包，下雨替老黄打伞；老黄比赛时，他一手拿着矿泉水一手拿着老黄的衣服，嘴里还不停地呐喊“老黄，加油！”；老黄比赛间隙，胖子还要帮他按摩……事无巨细，死心塌地。我看着很是感动。后来，在与班里的其他同学谈到胖子时，我开玩笑说：像胖子那样忠心耿耿死心塌地的人现在真的很少了，将来如果有可能，我愿意把女儿嫁给他。

这个笑话传得很快，不仅到了胖子那里，而且传到了胖子的父母那里。为此，我还得到了胖子父母的盛情款待。

后来我才发现，胖子之所以有这么大的转变，可能是因为他恋爱了。

我一直对胖子很放心。因为在班里，他没有任何恋爱的迹象。偶尔听到其他任课老师对我说看到胖子跟一个女孩走在一起，我还是不相信。一直到我目睹胖子与一个娇小的女孩亲密地走在一起。我问他："那天跟你一起走的女孩是谁？"他一脸的无辜："女孩？什么女孩？老师，你看错了吧？"我真的相信了他。

毕业旅行的时候，我问同学们为什么选了一条那样的路线。同学们七嘴八舌："老师，这您都不知道？这两个地方，一个是胖子女朋友的老家，一个是胖子女朋友读大学的地方。""什么时候开始的？""早就开始了。就是您上次看到的那个小姑娘，大胖子一岁，现在读大一呢。"

恍然大悟。

填志愿那天，胖子来看我。我第一句话："胖子，你不老实啊。"他一听就明白了："老师，那也是不得已啊，怕您担心呗。"

现在，胖子已经被一重点大学录取。大学所在地，就是他女朋友读书所在地。虽然玩笑不能成为现实有那么一点点遗憾，但还是真心地祝福他！

滕昂鋆改姓

说起滕昂鋆，我们这个年级无人不知。他的名声远扬不仅仅是因为他长得眉清目秀一表人才，一看就是学霸的样子，毕竟长得像学霸的人不少；也不仅仅是因为他懒，懒的学生也很多，但一个外表像学霸又能懒出一定境界，非滕昂鋆莫属。每次要求滕昂鋆背书，他都会睁大那双炯炯有神的眼睛无辜地看着你：“这课要背吗？”实在躲不过，他就会略过所有难背的段落，留下那么一二经典之句；每次语文作业，不管是试卷练习读后感还是预习，他永远不会超过 20 个字。但他每次都上交得很及时。他会略去所有简答题和需要文字的部分，象征性地只选几道选择题做一下，没有选择题，那就麻烦了。因为他也得总结性地写上一句：什么内容写得很好或对某个人物不太认同之类的话。上课从不做笔记，问他为什么不做，他答：“太麻烦了！”听写从来没有及格过，问他为什么不复习，他答：“太麻烦了！”错题永远不订正，问他，还是那句话：“太麻烦！”

滕昂鋆懒到一个很高的境界，这就把他的高智商给浪费了。

他把“门槛”读成“门栏”，“羼水”读成“羊水”；把“栖息”写成“七希”，“时辰”写成“实晨”。有一次他破天荒写了一篇 100 多字的作文，其中就有二三十个错别字。

我曾经花了九牛二虎之力，想把他从懒的泥坑里拉出来。但最终都败下阵来。

有段时间，我让他每天到我办公室，要求他在我眼皮底下复习语文半小时。他从不爽约。尽管他觉得待在语文办公室无聊至极，但他依然装模作样在那里摇头晃脑像小和尚念经。也就是从那时候起，我开始对滕昂鋆肃然起敬。

选修课，他啥都不报，就报了我的毛线编织课程。我一眼识穿他的真正目的：只有这门课是不用与文字和数字公式打交道的。但他还一再辩解："老师，我真不是偷懒，我就喜欢上您的课。"好吧，嘴巴还挺甜。

在我的毛线编织选修课上，在一群女生中，滕昂鋆"鹤立鸡群"。只见他左手拿着针，右手拿着线，在努力地跟这些纠缠不清的毛线搏斗着。但不管他如何努力，总是弄得一团糟。几节课下来，他已完全丧失了斗志。于是，在我的编织课堂里，他开始编织他美丽的梦想了。似睡非睡，恍恍惚惚，神游天地。看我每天白眼对之，觉得良心受到了谴责，有一天居然带来一本语文书，在编织课上做认真复习语文状。

初一下学期，滕昂鋆其他每门功课全线崩溃，唯有语文一枝独秀，保持着班级平均分的水平。这都得益于他每天中午和选修课上的小和尚念经。所以，那次班主任把他父母召来与我们任课老师座谈时，每个老师都一副无能为力恨铁不成钢的样子，唯有我，在他父母面前对他赞赏有加。这赞赏有 10% 是真心，有 90% 是对他父母极度失落的同情。至今还记得他父母用感恩之情望着我的眼神。

但是，好景不长。初二的时候，滕昂鋆上课已经如同听天书一般，完全不知所云，特别是理科。所以，他完全丧失了斗志，连带语文都掉入谷底。

同学们都说滕昂鋆每天只做两件事：一是吃饭，二是睡觉。吃了睡，睡了吃，吃了再睡。不管你怎样苦口婆心地教育他，他总是那句话："老师，您讲得很有道理，这些道理我都懂，就是做不到。我也没有办法。"一副极其无奈痛苦的样子。我有次开他玩笑："滕昂鋆，你这次再考不及格，你就不要姓滕，改姓王好了。我认你作儿子，将来你没饭吃的时候可以来找我。"他笑笑，也没有反对。后来果然还是不及格，从此我就叫他王昂鋆。偶尔忘记了，叫他滕昂鋆的时候，他就会提醒我，老师，你叫错姓了。

一天中午，我到教室去找滕昂鋆听写。同学们告诉我：他到图书馆去了！这下吓得我不轻。同学们见我睁圆了一双大眼睛，忙宽慰我说："老师您别想多了。"马上有人跑来向我耳语：滕昂鋆去图书馆追他心仪的女孩子去了！

我心里还暗暗高兴，这下有救了！他终于有了人生中的一大目标而且开始行动了，可喜可贺！

看到他，我跟他开玩笑："是什么样的女孩子啊，追到图书馆去了？"他听了满脸羞涩，急忙辩解："老师您别听他们乱说，我是去学习的。"

但我还是高兴得太早了。不到两周的时间，滕不去图书馆了。问他为什么不追了，他说："觉得太麻烦了！"但事后同学告诉我，那只是滕昂鋆的一厢情愿。其实那个女孩成绩很好，滕昂鋆不入她的法眼。

我想滕昂鋆也一定对自己的懒痛心疾首，但他奈何不了，因为他对学习实在是不感兴趣。其实，如果撇开学习不论，滕昂鋆一点不懒，还很绅士。

有一段时间，滕昂鋆每周定时过来帮我们打扫办公室。每个周二，我们办公室老师吃了午饭进来，就发现办公室已经被拖得干干净净。我知道，那是滕昂鋆。

每次遇到滕昂鋆，他总是90度鞠躬问好；上课看Kindle被我没收，他从不耍赖反抗，但为了能拿回视如生命的Kindle，他会答应你提出的任何条件，而且努力争取。比如有一次，我故意把条件提到他够不到的地方，要求他考试120分考80分以上才能取回，两个月的时间，他居然做到了。说明他的智商绝对是一流。如果实在达不到我提出的要求，他也从来不向我提出他的非分之想。

说到Kindle，那可是他的最爱，因为那里面有他要看的各类电子书。因为白天在老师眼皮底下有种种限制，所以，他只能日夜颠倒。晚上躲在被窝里偷偷地看，（当然，这只是我的猜测。因为他如果作文好好写，除了错别字多一些，还是挺有文采的。）白天上课不停地睡。但是，他有他的原则，上课睡觉的时候他总是坐得笔直，用手支撑着自己的下巴，不让自己趴下来，以示对老师的尊重。

慢慢地，你有没有觉得懒人滕昂鋆已经变成一个绅士了呢？

所以，多年后，滕昂鋆来看我，可能不是因为没饭吃找我，有可能是想让我因为有王昂鋆这样一个好儿子而自豪一下呢。

青春纪念册（一）

——献给2015届初三（5）班全体同学

一次，我上届已经毕业的一群学生来英特看我，从食堂、超市到办公室，一路走来，突然从远处走廊里传来一声咆哮声“冰冰——”，学生们好奇地看着我，不知究竟发生了什么。我刚想跟他们解释，突然，从我胳膊底下钻出一个头，嬉皮笑脸，从鼻腔里发出“冰——”一声闷响。还没缓过神，对面男孩一脸坏笑，乜斜着眼，故意削尖嗓子叫“冰冰——”。与我同行的学生们被眼前的场景惊呆了，说：“王老师，这……这是什么状况？这些调皮鬼该不会是你的学生吧？”当我告诉他们，这些都是我现在任教的5班的学生时，他们摇着头感慨：“真是时代不一样啊！”难怪他们有这样的感叹，因为他们是我上一届带到高三毕业的学生，高中三年，我都是班主任。我们班是出名的乖乖班，与人彬彬有礼，处事井井有条。今天，这一声声腔调各异直呼老师小名的“冰冰”声真是让他们大开眼界。

其实，我刚刚来英特，从其他老师手中中途接手这个班级的时候，还真有些不适应。虽然我已经从其他老师那里听到各种5班的传奇故事，有着充分的心理准备，但5班同学们富有创造性的作风还是屡屡带给我惊喜。

对 5 班同学而言，最大的优点是视权威为粪土。你是老师，没关系！他们在老师面前没大没小，各种昵称，各种玩笑，如果你能接受，你便会乐在其中。假如你去 5 班布置作业，提点要求，比如你说："同学们，今天的作业是……晚自习结束之前上交哦！"你耳边就会传来一片"不可能！""想得美！"的抗议声。如果你为此生气，觉得自己的尊严受到了挑战，那就大可不必了。因为在喊"不可能"的人往往都是能及时上交作业的人，倒是那些一声不吭的人，或对你的要求连声诺诺的人，是最有可能不交作业的。5 班同学脑袋聪明，精力过于充沛，于是玩游戏、玩电脑的人大有人在，有时候，他们竟敢在老师和领导的眼皮底下镇定自若，假装认真读书，其实是认真玩游戏。有一次，有五个聪明过头的学生半夜睡不着，就"越狱"出寝室潜伏到小教室通宵玩电脑。连在校管理人员到场还不察觉，结果被逮个正着。在多次申诉自己是上网查资料做作业无果后，五人均遭到处分，被勒令回家反思一个星期。这本来是一个坏人遭到惩罚的故事，但是，这五人硬是把它演绎成了可歌可泣的英雄剧。他们先是给每个过来上课的老师一个热烈的拥抱，然后用一连串的"最后一次"来渲染氛围。什么"老师，这是我最后一次听你的课了""这是最后一次给你擦黑板了"等等，硬是把全班同学包括老师煽情到几欲泪下，几多不舍。然后，这五个人像荆轲"风萧萧兮易水寒，壮士一去兮不复还"般悲壮地离开。

5 班在每个时段都有不同的流行语。有一段时间，他们流行"都怪你，boss！"。老师一走进教室，他们中几个粗嗓子的人就会大喊："都怪你，boss！"路上遇到各位老师，他们的招呼用语就是："都怪你，boss!"还有一段时间，他们的流行语是"羊羊羊！"，不管你什么时候走进教室，教室里都一片“羊羊羊”的叫声。在这个时段，不管你上课的时候讲到哪个与“羊”谐音的字，他们都会笑得不可收拾。

别看5班同学个个这么潇洒，他们也有潇洒不起来的时候。一位同学平时大大咧咧，粗声粗气，是各种流行语的发明者和倡导者。但初二下快放暑假的时候，他突然安静了许多。因为，他就要告别5班，远赴加拿大就读高中。这提前的告别让班级的氛围凝重了许多。终于，在离别当天中午，他走上了讲台。一开始，他还是用他往常惯有的风格：风趣潇洒，侃侃而谈。他回顾了两年来与一群难兄难弟们在一起时的快乐时光，一起捣蛋一起犯错一起打闹一起傻笑。说着说着，他突然说不下去了。全班同学都低下了头，不敢看他发红的眼睛。等情绪稍稍平复以后，他又断断续续往下说，几度哽咽无语，最后终于泣不成声。教室里传来一片啜泣声……

是啊，生活在这样一群鲜活的人之中，每天都能体会到各种不同的情感体验。有淘气，有捣蛋，有挑战，有对各种规则的蔑视，但，他们快乐，他们率真，他们活出了这个年龄段最本真的自我。在他们心目中，学习不是生活的全部，而只是点缀；校园不只是学习的殿堂，更是他们张扬个性的舞台。

5班的生活，多姿多彩；5班的学生，各个奇葩；5班的故事，鲜活感人。初三分流之际，我们整理了5班每个人心中的记忆，让这些记忆的浪花汇聚成一条清澈的小溪，永远流淌……

青春纪念册（二）

——献给2015届初三（6）班全体同学

大家都听说过云南特产“十八怪”，可是否听说过2015届6班有“三怪”？哪“三怪”呢？

第一怪，6班教室里的灯泡常换常坏。一周下来，如果教室后面的灯泡还完好无缺，就该谢天谢地了。不是灯泡质量有问题，也不是电工师傅安装不得法，实在是6班的调皮捣蛋鬼太多了。他们在教室后面玩各种游戏，搞各种锻炼，教室里的用品摆设都成了他们顺手拈来的锻炼器材了。比如窗帘，是他们捉迷藏，逃避老师抓他们去背书的道具；黑板，是他们给班里同学取各种绰号的道具；桌子、椅子，是他们练习各种弹跳、自创体操的道具；而灯泡，则是他们练习摸高的道具……每节课后，总有那么五六个小毛孩轮番上阵，先助跑几步再起跳再伸手去够灯泡，有时候稍微用力过猛，灯泡就被刮下来了。不管老师们如何教育他们有多危险多浪费，他们照摔不误，摔完灯泡后不畏不惧，镇定自若，一副天塌下来由我一个人顶着的豪气。6班同学爱玩，那可是出了名的。他们无所不玩。一次上课，铃响才没几分钟，就有一个同学慌里慌张要上厕所。我问他：为什么下课不上？他装作很急的样子：人有三急！我真相信了。但当他走出教室时教室里传来一阵阵神秘的笑声，我知道自己又上当了。问前排比较老实的同学，才知道事情的原委：原来他趁一位女生不注意的时候，把她关在厕所旁边的禁闭室里了。我猜想他原想关她一节课再将门打开，但终于心有不忍，于是又去“英雄救美”。一会儿工夫，一个女生气呼呼地跑进教室，一路还自言自语骂骂咧咧，坐下之后还一直拿眼睛白刚才的那位恶作剧者。但她面对我询问的眼神，始终都没有向我告状。

6班第二怪，是教室旁边的走廊里，经常会有几个东张西望的人。不知情的人会很纳闷：其他的同学都在教室里上课，这几个人为何悠哉游哉地在教室门口闲逛？我刚来时就产生过这样的疑问，但后来就司空见惯了。这些在教室门口徘徊的无非是两种人：一种是老师布置的作业没有做，被老师勒令在外面补完作业再进来的；一种是上课老找旁边同学讲话，老师多次提醒仍我行我素的。其实，在6班同学的心目中，被赶出教室不是一种耻辱，甚至算不上惩罚，反而是一种美差。对生性好动贪玩的6班同学而言，这样就可以堂而皇之地翘课，在外面可以呼吸新鲜的空气，还可以偷窥一下教室里各位同学的一些小动作，或者欣赏校园的风景。何乐而不为呢？

6班第三怪，是每天课间操的时候，其他教室里都空空的，每个同学都上操场跳大绳去了，唯有6班教室的讲台桌上，围了三四个，有时是五六个人。他们在干什么？他们在玩电脑：打游戏，上网看球赛，听演唱会。刚下课的时候，他们先是躲在厕所里，等班主任、年级组长查看过教室，他们就溜出来，然后大模大样地走进教室，开始了他们一天中最快乐的时光。有时候，遇上大型的赛事，班主任又管得严，几个球迷就整天惶惶不可终日，他们老在教室电脑、小教室电脑、老师办公室电脑旁徘徊，寻找一切下手的机会。实在不行，他们就央求几个爱看球的老师，告诉他们比赛的比分，并趁机与他们猛侃某个球星，以解除自己的看球之饥渴。记得我刚接班的时候，第一节下课，就有学生跑来问我最喜欢的球星是谁。我说不好意思，我不太喜欢看球。他表现出一副失望至极的神色。

6班爱玩，也能玩出一点花样。比如，6班有好几个学生每天手拿长枪短炮，要么课间在花草树丛间流连，要么对着班里某个老师或同学特写，要么在运动会、艺术节等大型活动人群中穿梭。还别说，他们拍出来的照片不论取景还是色彩都谈得上是专业级别的。除了摄影，6班还出音乐人才。英特著名乐队recover中主唱、吉他手、手风琴手都在6班。每次他们演出的时候，6班就有一大群虾兵蟹将在忙着张罗，有做宣传的，有后勤服务的，有准备道具的，有助威呐喊的。仿佛这不是一个乐队的节目，而是6班的一个集体联欢。

所以，身为6班的同学很幸福。因为，6班的每一个人，背后都有33位同学替他撑腰。从初二上学期开始，班级里就有一股浓浓的离别的味道。每次随笔，写得最好的最动情的，就是写同学间的情谊的。只要稍微触及初三升学考的话题，都会引来好几个女生的眼泪。他们仿佛把每一天都当作是离别前一天，分外珍惜。一次，一个男生站在凳子上与另一个男生比身高，结果不小心摔下来，跌坏了眼睛，玻璃扎在眼角上流血了。全班同学都吓蒙了，第一个清醒过来的学生赶忙搀着伤员往医务室跑，于是，缓过神来的一大群人就跟着往医务室跑，剩下的一群女生再也控制不住感情，有独自拭泪的，有抱头痛哭的……

这就是由34位有梦想有热情有童心的少男少女组成的6班。他们最大的愿望是希望6班的人永远在一起。我说，只有一个办法，可以让6班成为永恒——那就是用笔记录下你们三年来一起走过的青春的足迹。

风雨故土

再高的乌纱帽，再远大的前程，都比不过家乡的一道菜肴。

所谓的乡愁，无非是家中有你魂牵梦绕的一个人，或有你朝思暮想的一种美食罢了。

父亲和他的小绿船

曾经有一段时间，父亲对我来说是个非常陌生的字眼。我清楚地记得，当父亲从外地打工回家，透过薄薄的窗户，看着他微笑地向我走来时，我竟想不起我该叫他什么。奶奶欣喜地拉出躲在房内的我。我站在父亲面前，低着头承受他关怀的询问，羞怯得红着脸，就是怯于开口叫一声在心里默念了千遍的“爸爸”，因为爸爸离家实在太久了。

父亲是不得不离家外出谋生的。一顶“右派”的帽子夺去了他的工作，也夺去了他的激情。他整天待在阁楼，沉迷于古书，想以此摆脱人世间的是是非非，但他终于摆脱不了，一家老小要等着吃饭。于是他咬咬牙，跟着远房的一个乡下亲戚去学捕鱼。

那天，父亲从别人那里买来一只旧木船，就一声不吭地用过去用剩的绿色漆料给小船漆上颜色。家人都劝他不必漆了吧，哪有把小船漆成绿色的，怪惹眼的。可父亲不听，依旧默默而虔诚地把小船里里外外漆了一遍又一遍。

父亲向来清高自负，没干过什么体力活，所以当他每天把那只小绿船摇出后门的小河时，我们全家人的心都随着河水一波一波地荡开去。有时候晚上回来晚了，我和奶奶便会直直地盯着河面，盼望着河面上会奇迹般地出现那只小绿船。我那时还小，还不知道捕鱼的艰辛和危险，我只是盼望着父亲摇着小船靠岸时，会用那双不再细柔如初的手把我抱到船上，然后摇着我在河面上兜一小圈。此时，宁静的河面上便会漾开一阵咯咯的欢笑声，而那时在我们全家几乎要凝固的空气里，那是一天中唯一的笑声了……

后来，父亲经朋友介绍，又长年外出打工，期间很少回家。

在物质和精神的双重压力下，父亲从来没有埋怨过一句，长叹过一声，更没流过一滴泪。他每天只是默默地，收藏起所有的不幸与悲伤，独自承担。

只是在十几年后，当他听到自己得到平反昭雪的消息时，哭了，在饭桌上，当着一家老小的面，哭得很伤心，仿佛几十年的幽怨，如今得以一泄；如同一个在外受尽委屈还能坚强挺住的孩子，回到家听到亲人的关切询问突然悲从中来。

父亲藏书很多，即使在最艰难的岁月里，也没变卖过一本。无论有

多忙多累，他总能抽出时间看点书。平反后，他的书更是与日俱增，父亲不吸烟，不讲究吃穿享受，他唯一的一点点积蓄都用来买书了。

为了父亲这些珍爱的书，我曾经恨过父亲。恨他为了自己某些自私的心愿帮我选择了读师范。父亲认为只有教书才一辈子与书打交道，才能无愧于继承他那满屋子的书。

因此当我在工作上稍不如意时，我便会向父亲发泄内心的不满，而此时的父亲总是如同一个做错事的孩子显得内疚而无助。

当我有时也写些反映社会问题的文章要拿去发表时，父亲总是竭力反对，他说他不想让我沾上政治半点边。

我渐渐明白：父亲是把学校这个清水衙门当作是我的护身符，这里没有千丝万缕的社会关系，不用与形形色色老于世故的人打交道，除了知识学术上的竞争没有任何尔虞我诈的理由。单纯得不能再单纯的师生关系，只能使我获得更多的温情。父亲由于某些政治的原因吃了大半辈子的苦，如今他是说什么也不愿让他的女儿再有重蹈覆辙的危险，即使在这样清明的社会，即使忍受这么多年来我对他的误解和憎恨。

我终于领悟：当年父亲一遍又一遍给小船漆上的，又何止是单纯的一种颜色？那是他几十年来对生活的渴求啊！而如今，那只小绿船已不在了，但在父亲的心中，仍有一只最心爱的小船，他要时时为它把舵，为它漆上生命的绿色……

阿糖公

也许，在其他小孩的眼里，童年是无忧无虑的嬉戏，是手中多彩的零食，是爸妈怀中温柔的呵护。而我的童年的欢乐，却系在阿糖公肩上挑着的担子上。

阿糖公不姓唐，也不名糖。只因他每天起早摸黑挑着担子收购旧货兼卖麦芽糖，所以我们孩子们都亲切地称他“阿糖公”。那时我家境贫寒，爸爸又是个“右派”，众人的冷眼，邻居们客气的躲避，使我倍觉视我如儿女的阿糖公的可亲。

记得每个夕阳西下的傍晚，阿糖公挑着担子从长长的小路向我走来，重担压弯了他的背脊，岁月风干了他那古铜色的脸，只有脸上那永远慈爱的笑容，在夕阳的映照下显得格外动人。他看到了我，便停下担子，用手铃轻轻摇着，又轻轻唤着我和堂哥旭东的小名：“冰阿东，东阿冰，冰阿东……”那略带沙哑的声音，和着铃声的节奏，就像一首古老而美丽的乐曲，在这乐曲终了，我们便可以得到一块甜得让人心醉的麦芽糖。

还记得每个被昏黄的油灯光映亮的黄昏，阿糖公总会从一大堆收购来的旧书中，挑出几本插图精美的书。这时，我们便可随阿糖公的沙哑声走进一个个美丽的童话，做各种各样的多彩的梦。一次，阿糖公突然停下故事，眼睛炯炯地看着我：“什么时候你读了书识了字，像你爸爸那样，能自己编故事该有多好啊。要是阿公能看到你写的书，就是最大的福气了。”我突然感觉到满肚子的委屈：“不，我不读书，我爸爸就是因为读了太多的书，才被打成‘右派’的。”我永远不会忘记，爸爸有一次曾含泪长叹：“要是当初没有读书，也不会落得如此下场。”这叹息像一把锤子，重重地敲打在我的心上。听到我的这番表白，阿糖公那么吃惊地看着我，而后悲伤地摇了摇头。那一晚，他一直沉默着。

接着一连几天，阿糖公都很晚才回家。终于，在一个阴雨霏霏的下午，阿糖公早早地回来，一进院子就朝我扬起手中的书，得意的神情溢于脸上。我不知道阿糖公是用了多少时间和精力才收集到那本《古代名人勤奋好学的故事》的，我只知道自己只有读书，才无愧于阿糖公沉甸甸的希望。

于是，那个被风雨浸湿的下午，那个因被风雨浸湿而卧病一周的老人，以及我带去交学费的浸透着阿糖公的汗水的一叠零钱，都成了我记忆中生命里最难忘最动人的一部分。

我默默地发誓：我要好好读书，有朝一日为阿糖公写一个故事。

但是，我的愿望随阿糖公的离开和去世而付诸东流。一天，阿糖公在外地工作的儿子突然回来，见父亲的身体很难支撑那副沉重的担子，就不顾父亲的反对，坚决要接他出去安度晚年。临走时，阿糖公一次次地抚摸着那陪伴他度过大半生的扁担和手铃，又一次次抚摸着我的头，强忍着泪水。可我哭开了，我知道我的童年将随着阿糖公的离去而黯然失色，我知道今生今世都将背负着他的沉甸甸的爱的十字架，它使我每时每刻都不得违背良心，失意人生。

在我还没完全从阿糖公离我而去的痛苦悲伤中摆脱出来时，又听到他去世的消息，那是在他走后的第二年深秋，一个满目凄清的季节。

我未能见上他最后一面，也未能在他有生之年，为他写一个美丽动人的故事。但我知道，即使我有再好的创作才能，也不能写出一个美丽如阿糖公的生命演绎而成的故事。他用自己的善良、公正、不求回报的挚爱，编织成最为美丽感人的故事，使我百读不厌，而且每每感动得唏嘘落泪。

让雪下在一米之外

妈妈：

说实话，从小到大，开心的时候从来没有在您身边撒过娇，难过的时候也从没有在您面前流过泪；我很少亲昵地挽着您的手去逛街，也很少缠着要您满足我小小的要求。虽然，您从来就没有打骂过我，对我也不是很严厉。您是我妈妈，有着世界上最美好的称谓。我是您女儿，与您有着世界上最为亲密的血浓于水的关系。但我，总觉得您和我是有距离的。

不要误会，妈妈。我说这些话一点都没有责怪您的意思，也许在某些阶段，我曾经那么想过：想到您是否因为那个时代生存所迫而转移了视线，想到您是否性格所致不能直白地让人感觉到您的爱，想到我是否由于年龄太小不能很好地理解您平静的爱的方式。或许，因为曾经很长一段时间里爸爸“右派”的身份，让您承载了太多世事的苍凉。

今年是您 80 大寿。又是您和爸爸结婚 60 周年。我们说要写一点文字，作为您和爸爸相濡以沫走过 60 个岁月的纪念。您说不用了，回忆是一件非常痛苦残忍的事情，回答很决绝。虽然，平时，也会经常从您和爸爸的谈话中捕捉到过去岁月的一些痕迹，但是，却从来没有听您和爸爸诉说过这几十年来面对种种不幸和屈辱时的痛苦辛酸和绝望。

那天，刚好您和爸爸不在，有老朋友拜访。在等您回来的很长一段时间里，我从这位健谈的老朋友那里听到了很多您和爸爸以及那个时代的故事。

妈妈，请原谅我的年幼无知。虽然我已经年逾不惑，可是，在您和爸爸的庇护之下，我离那个时代太远，离您的痛苦太远。您以那样平静、隐忍的方式承担了所有的不幸，给我一个安宁而平和的童年。

在爸爸每天挂着“右派”的牌子被人批斗，亲朋好友怕受牵连避之唯恐不及的时候，是您，顶着巨大的压力陪伴在他身边，不离不弃，让他能在人生最困顿的时期享受到人世间最美丽的温情。曾经看过不少关于“文革”的书籍，多少“右派”家破人亡，妻离子散；又有多少家庭，至亲之人倒戈，互揭伤疤，划清界限。而我们一家，没有脸红，没有争吵，没有抱怨，没有发泄。平静得仿佛您生来就是要承担起这一切。

现在的您，再也不是那个下放劳动晚上独自走几个小时夜路回家的勇敢的您了，也不是那个白天劳动晚上做私活养活一家七口老小的强壮的您了。您脆弱，老是怀疑自己身上的小毛病源于某种绝症；您无助，像一个失去大人庇护的小孩子，为自己日渐衰竭的体力唉声叹气；您孤独，靠每天看看电视，在小区里散散步来打发您那几十天如一日的时间。

也许是一个人积蓄了太多人生的冬季，到了晚年，就再也无法抵御这种透心的寒冷。身为您的女儿，我也在为我的生活而奔波，当我有时间坐下来陪在您身边，却发现横亘在你我之间的不仅仅是三十多年的岁月。我所做的一切努力根本没有办法驱散您内心的寒冷和孤独，我只能在您的唉声叹气中过早地领略到了人生的悲凉和无奈。

请原谅我的无助，妈妈。但我会学会捡拾起散落在生活每个角落的柴火，把它堆成堆，为它点上火，让它熊熊燃烧起来。也许我的这一小炉火，没有办法完全消融您内心深处的冰霜，但至少，它会给您身边这一米见方的土地带来温暖。妈妈，就让雪下在一米之外，留给我们一米阳光。好吗？

顺祝

快乐安康！

爱您的女儿

（此篇曾获全国“世纪金榜感恩书信大赛”教师组一等奖。）

天堂的模样

我没有去过天堂，但是，我知道天堂一定有个美丽的花园，那里也许没有高大的楼房，但一定有座傍晚时分炊烟袅袅的木屋；那里也许没有高砌的围墙，但一定有个人工编制的竹篱笆，篱笆上爬满红得让人心醉的月季；绕过篱笆，就一定是花的海洋：雍容华贵的牡丹、艳丽撩人的山茶花、孤傲凌人的菊花……屏住呼吸站在花丛中，你会觉得自己被如烟似雾的香气、梦幻般的色彩缠绕着、诱惑着。在这如烟似梦般的雾气和香气中，走来一位老人，他须髯花白，银发飘飘……

自从我爷爷去世以后，我经常构想出这样一幅天堂的画面。

小时候，我和爷爷奶奶就是生活在这样一个四季如春的花园里：一座简易的木房，前面一个偌大的花园。花园的缔造者就是我的爷爷。常常地，我想，爷爷是不是上天派下来的护花使者，光是凭他长可及胸的花白胡子和对花草的一片痴情，就让人觉得酷似《秋翁遇仙记》中的秋翁。每天清晨，当我们还在睡梦中的时候，爷爷便已经向每朵花道过早安。他会一边对着花儿自言自语，一边拔掉刚刚长出来的细草，剪掉一些冗枝赘叶，用木棍支起因长得过分繁茂而显得体力不支的枝干。每当他看到一片叶子被虫子噬咬，便痛心不已，不把凶手“捉拿归案”誓不罢休。刮风下雨了，有些花经不起雨淋，爷爷就一盆盆地把它们往屋子里搬，等天晴了再搬出来。夏天，他会冒着烈日酷暑将一些花转移到阴凉的阵地。爷爷像呵护幼儿一样照顾着这些花草，不让它们受到丝毫的伤害，却从来没有意识到，他自己的挺拔身躯在这长时间的弯腰劳作中，就像被果实压弯的树枝，再也直不起来。他那条条暴出犹如游龙的青筋，云雾般花白的须发，弓一样驼着的背，每天在娇娆的百花间穿梭，在柔弱的花草间抚弄，其刚柔、阴阳的和谐，无论如何总让人生出许多惊奇和感叹来。

每当爷爷侍弄完他的花草，坐在躺椅上休息的时候，我们便爬上了他的膝盖，侍弄起他那长可及胸的白胡子。我们一边捋着爷爷的胡子，一边学着爷爷的神态发出一声长叹："呵么呵——"此时爷爷爽朗的笑声便如长须般飘逸开去。笑过之后，我们就等着爷爷给我们讲他小时候如何单枪匹马捉拿盗贼，如何住在一个闹鬼的房子里"与鬼共眠"的故事……那时家里很热闹，叔叔的两个孩子也寄养在这里。爷爷从不重男轻女，对我这个天生瘦弱的女孩，更是宠爱有加。有时候天气冷，爷爷就会穿上他视为珍宝的毛皮大衣，那是远在新疆的叔叔在爷爷八十大寿的时候送给爷爷的。爷爷知道我从小血气不足，不管穿多少衣服，手脚总是冰冷的。所以只要是爷爷闲着的时候，他的膝盖成了我的"专座"，我把手脚伸到爷爷的毛皮大衣中，爷爷的体温通过毛皮传到我的整个身体，只有这时，我才感觉到整个世界的温度都回来了……

爷爷最快乐的日子，是一些名贵的花开的日子。这时，爷爷总是显得又高兴又激动，仿佛自己精心准备的一个节目，如今就要公演了。那几天，家里总是挤满了人，人们驻足在花丛间，流连忘返。有时遇到昙花在夜间开放，爷爷通宵不睡，早早守候在花前。大家屏住呼吸，一动

不动地盯着那慢慢绽开的花瓣，不需要电影的慢镜头，便可观赏到花开的全过程，这便是观赏昙花最精妙之处。爷爷常常将耳朵凑过去，聆听花瓣一点点张开时发出的声音，就像聆听母亲肚子里胎儿的萌动，如同倾听情人在耳边的喁喁私语，又像陶醉在一首无比美妙的乐曲之中。爷爷说：人生最大的幸福，莫过于此了。

爷爷悲伤的日子，是整个花园的祭日。因为花的失窃，爷爷消瘦的面容随着花园一起变得黯淡。他会等我们都睡下了的时候，偷偷起来守候在窗前，手里握着他唯一的武器——拐杖。我们对他“守株待兔”式的捉贼方式深为不满，可他依然我行我素。终于，他逮着了一个偷花小毛贼。爷爷凭着当年的遗风，把一个十四五岁的青年治得脱不了身。等我们大家出动时，爷爷正对小毛头进行思想教育。爸爸主张将他绑起来打一顿出出恶气，或扭送派出所。爷爷硬是不听，他扒下小偷的外套和鞋子，叫家长来拿。这种方法也许对现在的青年不奏效，可那时少了一件衣服就少了一件家当。于是第二天，一个斯斯文文的“贼父”来与爷爷面谈。爷爷忙不迭地递烟倒茶，从教育孩子谈到花，很是投机，临走时扣押的衣服连同那盆“作案未遂”的茶花一起送上。真是“赔了烟茶又折花”。几年后，那个偷花小青年去当兵，来向爷爷告辞。言语腼腆，说家里那盆茶花一直开得很旺。我不知道在他的人生中，那一朵朵艳丽的茶花是否会经常在他眼前摇曳。

可是，后来很长一段时间，家里空气中不再弥漫着柔和的花香，爷爷的笑声也变得沉寂。突然有一天，有一群人来势汹汹，他们踢开了我家的竹门，用棍子横扫篱笆上的月季花，还一边大声嚷嚷着：“让王光铭（我爸爸）这个‘右派’赶快出来认罪！”正当他们气焰嚣张，花瓣四溅的时候，迎头看到了如门神般伫立在房门口的爷爷，瞪着铜铃眼，手持铁棍子，一声“谁敢上来”如雷轰鸣，吓得来人一下子没了“革命气概”。僵持了十几分钟后，他们终于被爷爷的“英气”逼退。因为没有得逞，恼羞成怒的他们就将怒气发泄在花上。棍子起落处，爷爷的心随着乒乓作响的花盆一起破碎。要不是爷爷有着更重要的使命，他会不惜性命扑上去与他们决一死战。眼前的惨状使爷爷意识到自己犯了一个不可饶恕的战略性错误。爷爷对自己的这一重大失误耿耿于怀，以致他再也不能坦然面对那曾与他的生命融为一体的花草。那天，爷爷一直呆坐在花园里，直到浓浓的夜色将他吞没。在家人的百般劝解下，他才站起身，长长的叹息像闪电般划过夜空。

也许是对自己过错的惩罚，第二天一早，爷爷就叫来他的花友们，将剩下的花一一分送。从此，偌大的花园除了几棵果树在支撑外，已经不能再叫花园了。

曾经繁华一时的花园一天比一天变得岑寂，爷爷也一天比一天衰老。有时我们会看到爷爷猫着背躲在窗边往外看，等他回过神来发现我们就站在他的身后，他会突然闪开，眼神显得空洞而无助。我不知道他是留恋那些曾经给这个花园带来无限生机和爱意的花朵，还是担心为躲避灾难而远离家乡的父亲……

爷爷活了九十二岁，临终那晚他自己起来上了厕所，然后安详地睡着了。在爷爷临终前的一个星期，他得到了爸爸平反的消息。

我们采集了很多花放在爷爷的棺材中，又在爷爷的坟头种上他最喜欢的月季和蜡梅。

那晚，我做了一个梦。梦见爷爷在天堂的花园里，这里开满了他心爱的紫藤、茶花、月季，夕阳西下，爷爷静静地坐在紫藤架下，看着我和我的孩子们在梦幻般美丽的花园中嬉戏，轻风捎来爷爷一阵阵慈爱的笑声，夕阳点亮爷爷一根根银白色的须发……

一天，我说起我那老屋花园，一个住在附近的同事惊呼："噢！原来那就是你的家！你知道我们小时候有多羡慕吗？那么美的花园，一定过着神仙般的日子吧？"

"是啊，有花，有爱，有爷爷，那便是天堂的模样。"我在心里默念。

伞

我一直觉得奇怪，外婆是怎样用那双布满青筋、不停颤抖的手为我编织出那把精致小伞的。呵，那用染过色的麦穗编织成的红、黄、绿相间的美丽小伞哟！我永远记得那个雨天，我撑着这刚刚拥有的小伞在街上欣喜地狂奔，想让全世界的人都能一睹它的风采。

雨越下越大。我突然停止了奔跑，回顾茫茫一片，何处才是归路？

似乎过了很久，风雨中传来一声颤巍巍的呼唤。我朝那方向奔去，直扑在浑身湿透的外婆身上……

我和外婆都病了。但三天后的我又蹦蹦跳跳了，而外婆却一病不起。这期间，妈妈从城里请假回来，知道原委后，轻轻地叹了口气，对我，又像对她自己说："外婆辛辛苦苦了一辈子，从来没有一把伞替她遮挡世上的风雨。而现在，还让她受风雨之苦，恐怕这是一个体弱多病的老人再也禁不起的了。"

终于，外婆再也不能睁开她那慈祥的眼睛看一看我了。我没有哭，我始终不相信外婆竟会忍心离我而去。我只是紧紧握着外婆不再温暖的手。那年我才六岁。

此后，在许多个风雨之夜，我眼前会时时闪过外婆的影子，时时想起妈妈的那句话。“外婆明明有伞，为什么妈妈说从没有一把伞替她遮挡世上的风风雨雨呢？”我觉得困惑。

直到有一天，也是一个风雨之夜，一个男孩闯入我的世界。那是在我两度高考落榜后极度痛苦失意的时候，他给我带来书，也给我带来了希望和信心。不过，他很腼腆，每次来总要找个借口，当时正值雨季，故总是以借伞或送伞为由。一好友获悉内情，戏谑地称他作“雨伞”。

极平常的一句玩笑，却触动了我那极其敏感的神经，我突然觉得有许多苦涩的往事涌上心头。自己曾苦思冥想了那么久的那句话，此时才找到真正的答案：疲倦的时候可以靠，痛苦的时候可以诉，悲伤的时候心有所慰，这不正是一把能挡风雨、遮烈日的伞吗？而三岁丧母，十八岁嫁给酗酒的外公，二十岁又因丈夫醉酒落水淹死而守寡的外婆，虽能用勤劳的手织出美丽的伞，但在她多灾多难的一辈子中，却无法拥有一把她一直渴望着、幻想着有一天能拥有的真正的“伞”。远离家乡的妈妈和年幼无知的我，又能给她些什么呢？

清明那天，我一次又一次地抚摸着那珍藏了二十年的小伞，犹如外婆轻轻摸着我的头发一般地依恋和温柔。它的颜色虽没有当年的鲜艳，却依然美丽。突然我有一个强烈的愿望：我要用我这双笨拙的手也替外婆编织一把最美丽的伞，麦秸的，且红、黄、绿相间……

梅花糕中的乡愁

清明节回老家扫墓。亲戚朋友们说，去坡南街走走吧，它还是从前的样子。于是在一个暮色黄昏，我来到这里。向晚的青石街道，被路人的脚步打磨得愈加光滑发亮，街道的两旁，有很多悠长而寂寥的古巷。记得当年为了上好戴望舒《雨巷》的公开课，还特地披着长发，撑着油纸伞，在这里的小巷充当了一回丁香般结着愁怨的姑娘。拍成的 VCR 后来在多次搬家中不知遗落在何处了。但时光的 VCR 仍然在不停地倒带。都市的霓虹一闪而过，匆匆的行人一闪而过，车马的喧哗逐渐平息，终于定格在这条几十年不变的古街。依旧没有高耸的楼房，没有鼎沸的嘈杂，只有落日的余晖，染红了天的一角，静静挥洒在这寂静的古道。可是，那个扎着马尾辫背着书包、手拎饭盒散学归来的孩童呢？那个与同伴一路嬉笑打骂一路小跑的小姑娘呢？那个在路边看着梅花糕在油里翻滚逐渐变得焦黄直咽口水的吃货呢？是不是已经被时光的洪流携卷而去再也回不来了呢？

路边，那位卖梅花糕的大婶，正在拿起最后几个没有卖完的梅花糕准备收摊。我走了过去，她朝我笑着，说："看你很面熟，以前常来买的吧。"我点头，拿钱，说："这最后两个给我吧，多少钱？""三块。"

我略略有点吃惊。七八年过去了，卖梅花糕的还是同一个大婶，但五毛钱一个的梅花糕已经永远成为过去式了。

回到老家，家里已经让钟点工打扫过了。爸爸妈妈因为跟我们去了杭州，所以老房子长期闲置着。女儿被家里的老蚊子叮咬了好几个包，就翻箱倒柜四处找风油精。终于翻出一个，我上下查看了一下已经模糊不清的保质期，隐隐约约看到2008的数字。恍惚觉得整个世界被时间这位巫婆施了魔咒，封存了七年，现在才刚刚开启。

我递过仅剩的两个梅花糕，女儿笑靥如花。梅花糕是女儿的最爱。在她眼里，再好的山珍海味，也比不上家乡的梅花糕。刚来杭州上学时，她隔三岔五地念叨。我们就在杭州城里满城地找，终于在一个菜市场里找到了，买了好多带回去，想这下可以解除女儿思念之渴了。可是，女儿吃了半个就不要了，说这哪是梅花糕，完全不是这个味儿。我拿来一尝，果然不对。梅花糕松软，外脆里糯，外面脆脆的皮一咬开，里面雪白的萝卜丝伴着香葱和虾皮的香味扑面而来。而杭州的这个叫油墩，吃出来的都是面粉炸出来硬硬的味道。

到女儿高三的时候，因为学业紧张，每天到吃饭就皱起眉头。我和她爸爸商量着，决定自己动手，尝试一下梅花糕的做法。以前在买梅花糕的时候，多次看着大婶驾轻就熟的一整套动作，觉得应该不会太难。于是请老家的亲戚帮忙让打铁师傅定做了炸梅花糕的罩子，准备了梅花糕的所有材料：萝卜、葱、虾皮和米粉。开始了艰难的炸梅花糕的试验过程。真是看着容易做起来难。一开始，把调好的米粉在罩子上先铺上一层，再放上萝卜等配料，最后再盖上一层米粉，连同罩子放在油锅里炸。但是不管想怎样的方法，米粉就是黏在罩子里倒不出来。我们先是觉得问题出在米粉的浓稠度上，太稀了不行，太稠了也不行。后来又觉得是萝卜的问题，水分太多了，应该先放盐挤出水分。一共试验了十余次，终于炸出外脆里糯的梅花糕。那天，我们全家人举杯庆贺，觉得自己像爱迪生发明了电灯一样伟大。

于是，一个饭盒，里面装满了梅花糕。这是女儿每天带到学校的早餐和点心。女儿的好朋友，前后桌的同学，都有幸尝到这美味的家乡特产。梅花糕的名气传遍了同学、老师，最后全校的师生都知道高三某班有个同学每天带来一种美食，它叫“梅花糕”！梅花糕给女儿带来了很大的满足和幸福感。

有几个月，女儿要去学美术，学校里的功课都请假了。不到两个星期，班里的同学已经按捺不住对她的思念之情，纷纷短信女儿：“什么时候返校？想死你了！”我为女儿的好人缘感到自豪，不料女儿一句话道破天机：“想吃梅花糕才是最主要的，想我只是附带的。”我们莞尔。

乡愁也是这样的吧。“张季鹰辟齐王东曹掾，在洛，见秋风起，因思吴中莼菜羹、鲈鱼脍”，毫不犹豫地放弃官爵“命驾便归”；陆游在《初冬绝句》中写道：“鲈肥菰脆调羹美，荞熟油新作饼香。自古达人轻富贵，倒缘乡味忆回乡。”其一生所求，收复中原，但其提出的抗金建议，均未被采纳。长期落职闲居，唯一可安慰的，便是家乡的美食了吧？

我想，撇开一切外在的因素，回归自己的内心，没有一个人不希望自己像张季鹰那样，不顾一切，返乡故里。因为，再高的乌纱帽，再远大的前程，都比不过家乡的一道菜肴。

所谓的乡愁，无非是家中有你魂牵梦绕的一个人，或有你朝思暮想的一种美食罢了。

父亲的文学梦

父亲的《诗词探玄》终于出版了。

当你翻开这厚厚的文字，你一定不会知道，有一个老人默默为此积蓄了一生的力量。

三百多万字，厚厚的七大册，这不是一个团队用电脑敲击出来的文字，而是一个老人孤身在战斗。一遍遍誊写，一遍遍地修改，用他的笔，用他的整个生命。着手整理写作的时候才八十出头，而终稿的时候却已近九旬。其实，真正的写作时间应该提早到年轻的时候，因为这是他几十年的读书笔记的整理。

很难想象，一个耄耋老人，究竟是靠什么力量，六年以来坚持每天工作十几个小时。每天早上四点钟起床，除了吃饭的时间，中间几乎没有任何的活动和休息，一直到晚上八点钟。亲戚朋友，老伴、女儿多少次劝他：这个年纪应该是好好享福，好好保养身体的。他反驳道："正是因为时间来不及了，我必须在我走之间完成我这一生的心愿。"

作为女儿，我很是心疼，但是我能理解。如果你了解父亲的一生，你便也会理解。

父亲小学毕业，家境的没落使得父亲过早承担了家庭的重担。但他是那么挚爱文学，不能上学堂可以自学，没钱买书可以借书。父亲的经历验证了一个真理：只要自己努力，生活便处处是学堂。凭着父亲超强的记忆力和对文学的热爱，他熟读诗书，通晓古今。十六岁便开始发表诗歌。如果命运垂青，父亲完全可以成为一个颇有成就的诗人或大学教授。可命运弄人，他成了一个“右派分子”，在那个年代，知识和才情都没了用武之地。几十年的屈辱岁月，磨平了棱角，消耗了激情，却始终没有打破父亲的文学梦。在那样艰难的岁月中，失去了工作，没有了尊严，一个阁楼里的知识分子，用一双细嫩白润的手，开始了捕鱼养家的生活。在日晒雨淋中，父亲黝黑的面庞像个农民，背也有些佝偻，但他的内心，始终不渝；他的精神，始终挺拔。父亲用口粮省下的钱，换回了一本本自己渴慕的书，也一点点撑起了心中的信念。

翻开父亲的手稿——那一本本发黄的笔记，仿佛走过父亲的一个个岁月。那也许是父亲刚刚参加工作时的读书笔记，字迹飘逸，带着“少年不识愁滋味”的年少轻狂；那也许是父亲被打成“右派”被抓去批斗以后，沉郁中略带凌乱的笔迹，似在发出“世味年来薄似纱”的感叹；

那也许是父亲做水利测量临时工时走遍荒山野岭时留下的，笔画虽坑坑洼洼不太齐整，但心中仍存有“病树前头万木春”的希望；那也许写在父亲外出捕鱼一盏孤灯之下，在“江枫渔火对愁眠”之夜，这宁静而略带忧伤的文字本身就是一种倾诉；那也许是平反以后恢复党籍恢复工作以后，字迹老练遒劲而略带沧桑，是“曾经沧

海难为水”的从容厚实。

我的同学都以为我父亲是从事文学工作的，或是某个大学的教授。我说不是，父亲的工作与文学一点关系都没有，父亲从事过财税（打成“右派”之前）、捕鱼、水利局临时工，平反后就成了水利局的正式员工。大家都很惊讶，说不可能啊，你父亲一看就是个诗人。我笑笑，其实，在我心中，父亲就是个诗人，一个真正的诗人。在捕鱼的时候能写诗词，当临时工的时候参与《平阳志》《水利志》的编写，失业在家的时候能自学书法修炼自身。不管处在怎样艰难的环境中，能化腐朽为神奇，心中点着一盏明灯的人，应该算一个真正意义上的诗人吧？而且，父亲以文学始，以文学终，离休以后，他被老年大学聘请做诗词老师和书法老师，成了名副其实的大学教授。

不管是喜好欣赏古典诗词的年轻人，还是酷爱诗词创作却无从下手的老年人；不管是身居要职好舞文弄墨的政界中人，还是衣食拮据却有精神追求的打工仔，都成了父亲的学生。在父亲的客厅里，经常是“谈笑有鸿儒，往来无白丁”，求教诗词者有之，讨教书法者有之。就在这个不足十平方米的陋室里，不分年龄，没有贵贱，只因同样的爱好，相同的梦想，让许多颗心紧紧维系。

早年梦想的种子，在那么多文学爱好者的呵护滋养之下，生根、发芽，最后终于长成一棵参天大树。

感谢父亲的梦想，让他几十年来不放弃不绝望，在没有人格尊严的时代活出了自己的尊严；感谢父亲的坚守，让那么多人在这个纯文学缺失的时代，依然有着文学的情怀。而我，更要感谢这样的父亲，他用信念的大树为我们遮挡住了烈日和风雨，留给我们一片宁静的天空；他用知识和文学构筑起神圣的殿堂，留给我们无比珍贵的精神财富。

凋　零

那是个凉爽的夏日，我第一天进校，新的校园，新的同学，让我有点无所适从。第一节课下课，我独自漫步校园。在离教室不远处的花坛里，有几朵盛开的月季，让人觉得分外亲切。正看得入神，忽听到一浑厚的男中音在我耳畔响起："你知道为什么人们都喜欢花吗？"我抬头，是一个穿着西装的帅气男子。我疑惑地摇摇头。"因为花是美丽幸福的象征。"浑厚的男中音再次响起，他说话时，目光炯炯地注视着前方，仿佛沉浸在美丽的幻想和憧憬之中。这是我第一次见到他，在学校的花坛边。

上课时，才知道他就是我们的语文老师，姓冯。听他上课是一种享受，那发亮的眼睛，浑厚的男中音，常常把我们带到各种美妙的境界，我们徜徉在平平仄仄的诗词天地，上天揽月，徒手摘星；我们陶醉在历代文学的艺术殿堂，探幽揽胜，含英咀华。冯老师激发了我们的梦幻之旅，也在我们心中点燃了一盏艺术的明灯。

他的家就住在学校对面，二层楼的楼房，二楼阳台上养了许多花。每次放学回家，我都会惯性地抬头，无论什么季节，总可以看到青翠欲滴的绿叶和娇艳美丽的花朵。粉色的月季，纯白的栀子花，鲜红的蟹爪，特别是藤架上的紫藤萝，花开的时候星星点点簇成一条紫色瀑布，一直从二楼阳台垂挂到地面。

记得冯老师常说的一句话是“除了美，我什么都可以抵挡”。这句话后来成了我们校园广为流传的一句箴言。常常地，我会想起他在花坛边说的那句话，也不止一次地想：以追求美、传播美为己任的冯老师，不知道是否追求到自己的美丽人生？我努力地想从他那经常发亮的眼睛中寻找答案，可是我发现，每次从文学回到现实，他的眼神就变得黯淡。

不久，同学们都在传言：冯老师就要结婚了！这个消息无异于一颗炸弹，在同学们中间炸开了锅。有激动的，有失落的，也有祝福的。而我，更多的是好奇：集帅气与文学于一身的冯老师，他的妻子该是怎样美丽善良的一个姑娘？可是为什么从冯老师的眼神和表情中，看不到一点大婚降至的幸福感觉？

这个问题缠绕着我很久。终于，有一天从他门口经过，刚想抬头欣赏阳台上的花，突然屋里传出一阵女人的哭泣声：“我真是瞎了眼，嫁给你这个穷教书的。没钱，又没地位，尽受人欺负！”接着，冲出来一个人，蓬乱的头发，低着头，走得很快。看着那熟悉的背影，我心里一怔，我真的不愿意相信这个人就是我敬爱的冯老师！

第二天，冯老师照常来上课，只是头发有点凌乱，眼角有些悲伤。

接下来的一周，情形也没有好转，即使在文学的天地里，冯老师的眼神也不再明亮。

不久，一位新老师来接替他上课。听班主任说，冯老师停薪留职做生意去了。因为他妻子坚决要求这样，否则就离婚，他权衡利弊，最终决定放弃自己所热爱的事业。

之后很久都没有见到他，眼看着冯老师阳台上的花一天天地在枯萎、凋零，我只有在心里默默祈祷：但愿冯老师能重新找回属于自己的幸福。

转眼到了第二年，一个春和日丽的下午，我正坐在花坛边看书。迎面来了一群人，被人簇拥着走在最前面的，西装革履，满面春风，要不是早听说冯老师下海经商赚了大钱，今天回来宴请学校领导，我差一点没认出就是他。只见他的瞳孔里又放出异彩，与他牵手走在一起的，就是他的妻子，浓妆艳服，却掩盖不了一身的平淡和俗气，两人亲亲热热，脸上洋溢着幸福甜蜜的微笑。

当走过花坛时，他一直打着夸张的手势高谈阔论，丝毫也没有注意，平时视若生命的花朵，此时开得正旺。我忽然觉得一种难以言状的失意和悲凉。

此后，便再也没有见到他。

但每次放学路过他家，我依旧抬头。虽然我知道，阳台上早已满目疮痍，但是我还是希望有一天，能再次看到那朵朵鲜花美丽如初……

生活三棱镜

一朋友说：“看一朵鲜花，就可以享受一天的好心情。”那么，让我们看看天上的白云，看看脚下的土地，看看眼前奔流的小川，看看周围开满鲜花、吐满绿芽的田园，即使那萧萧而下的秋叶，不也潜伏着生之机缘？如此美丽得让人心醉的世界，足以让我们享受每一天的好心情。

金鱼祭

（一）

他的到来，纯属偶然。一个教师节，学生送给我一个包装得很精美的礼物，回家打开一看，顿时吓了一跳。那是一条浑身黑色的金鱼，摇曳着长长的飘逸的尾巴，在一株鲜绿色塑料海草的映衬下，显得分外美丽。我深怪学生的残酷和无知，让一条如此美丽的鱼在一个半径不足三寸的玻璃瓶里打转，而且被美丽的包装严严地密封了将近五个小时。所幸他还活着，还在潇洒地美丽着。为了弥补对他造成的伤害，我特地上街买了一个大鱼缸，还为他挑选了一条红金鱼做伴。就这样，这条红金鱼，像一个披着红色婚纱的新娘，嫁到了我家。看着一黑一红俩金鱼欢快地在洞房鱼缸里嬉戏追逐，我舒了一口气。

没想到第二天一起来，映入眼帘的是一幕惨剧：那条曾经黑得那样美丽潇洒的金鱼，如今漂浮在水面，尾巴蔫成一束——他死了。我大惑不解：一条可以在密封的小鱼缸里存活那么久的鱼，为什么在一夜之间辞世而去？

怀着难言的酸楚，来到学校，忍不住向我的学生诉说自己的疑惑。

几个学生叫了起来："老师，那不是金鱼，那是斗鱼。"斗鱼？我从来没有听说过这种鱼。一个学生忙向我介绍：这种鱼生性好斗，绝不能容忍与其他的鱼养在一起。他追杀他人，而往往受伤的是自己。而且，他有一种奇特的功能，就是在稀薄的空气中仍能存活很久。

是吗？在几乎封闭的空气中，不需饮食，也能存活很久，这该是一条有着极其顽强的生命力的鱼吧？然而他却死了，不是死于环境的恶劣，不是死于孤独寂寞，也不是死于大鱼的攻击，他的对手根本只是一条弱小文静的金鱼。那么，他的死，仅仅是因为他不能容忍任何一种生灵的存在，他气愤、绝望、疯狂地追杀，仅仅是因为在他独处的世界里，有一个生命和他同样美丽着、飘逸着？

（二）

黑斗鱼死了，只留下红金鱼，还美丽地活着。红得热烈、红得纤尘不染。但她的性情却极其温顺，每天优雅地在鱼缸里游来游去，不急不躁。又极通人性，每当我们靠近鱼缸的时候，她就会欢腾雀跃，因为她知道可以享受美味佳肴了，虽然供应给她的食物总是千古不变，而且总是一小粒，但她似乎很满足。吃完后，又从容不迫地游起来。有这么一两次，当我靠近她时，她竟没有反应，只是百无聊赖地浮在水中，显出很疲惫的样子。我想，也许是她太孤单太寂寞，每天生活在同一洼浅水中，绕着同样单调的圆圈，吞食着同样单调的鱼食。也许是她已长大成熟，怀着一颗憧憬幸福的心，希望能有另一条金鱼与她相伴终身，生儿育女，然后快乐地与自己的一群孩子嬉戏。

一天在街头散步，看到路边有两桶金鱼在卖，便蹲下来细细挑选。

结果选中了一条略显粗壮的黑金鱼，看上去很酷、很具阳刚之气。我猜想这一定是只雄金鱼，而且是红金鱼喜欢的那种类型。

拿回家放到鱼缸中，才发现他与纤弱的红金鱼一比，简直可算作庞然大物。十岁的女儿一见这情景，便大哭起来，说这么大的黑金鱼肯定会吃了红金鱼。她可能是受了第一次黑金鱼之死的刺激，恐怕再也不能忍受血肉相残的悲剧了。经女儿一哭，我的心也空落落的，只怕是自己的一时失误又会酿成惨剧。于是连忙拿起鱼兜，想捞起黑金鱼。却只见红金鱼依偎在黑金鱼的尾巴上，一副小鸟依人的样子。黑金鱼也不游走，两只金鱼就这样静静地相依着。我一时手软，竟有些不忍心活活地拆散他们，又拗不过大哭的女儿，只得忍痛捞起黑金鱼，拿去换小一点的。

当我换了一条黑斑点的红金鱼回家，女儿连忙向我汇报："妈妈，红金鱼好像很不高兴，喂她鱼食也不吃，是不是她很喜欢那条黑金鱼呀？""再喜欢也太迟了，我不会再跑那么老远去换回来了。她只能与这只小斑点将就为伴。"已是气喘吁吁的我略带恼怒地将小斑点往缸中倒。刚一入水，小斑点便慌乱地四处乱窜，搅得水缸一片哗哗作响。而那只红金鱼，只是静静地观察着这位初来乍到的伙伴，她一定很惊奇：他这是怎么啦？一副惊慌、愤怒得几近疯狂的样子？

但她当时一定不会想到，自己当晚就是死在这位鲁莽的闯入者手中。

我也没有想到，那一团如火焰般燃烧着的生命，竟会一夜之间燃烧殆尽。我至今还不明白红金鱼的死因。难道是她对那条粗壮的黑金鱼一见钟情后又被我们活活拆散，以至伤心欲绝？抑或是那条小斑点太粗鲁太无礼，对她动手动脚乃至大打出手？

（三）

我们把所有的愤怒都发泄在小斑点身上，认定他就是凶手。他身上的那些斑点，就像是癞蛤蟆身上的斑纹，显得异常丑陋。除了每天喂一颗鱼食之外，其他的我们一概不闻不问，到了最后，连鱼食也经常忘了喂。就这样，小斑点在来我家几个星期后，就飘尸水中了。

（四）

自此以后，我就不敢再养金鱼，也不敢养猫狗之类的宠物。因为肩上忽然多了一个生命的重量，又没办法与他们真正地沟通，只能凭一己之见想当然地安排他们的生活、扭曲他们的人生。也许该为这三个生命负责的，是自以为是的我们人类自己吧？

怀着无比的悲哀，我为这三个生命祭奠。

草船借箭

每每看到街上过往的时髦女郎顶着各式美丽的发髻袅袅而过，总是平添几分羡慕。春节临近，经不住朋友的怂恿，鼓起勇气也去“时髦”了一回。足足排了两小时的队，才有幸得到美发师的“青睐”。美发师把我的脸型观察了一下，便开始对我的头发进行“艺术加工”。经过一层又一层摩丝涂抹和定型水飘洒，经过发夹里三层外三层的加固，终于将散乱的头发“雕塑”成“香蕉”式。质感硬似塑料，所幸观感不错，在街上一走，自觉神气许多。

临睡，记起美发师“脱衣要小心，睡觉要小心，不要睡枕巾（粘毛)”之类的叮嘱，便学行动迟缓的老人，笨拙地脱掉一件又一件衣服。却发觉又遇一难题：不睡枕巾岂不弄脏绣花枕面？灵机一动，找个塑料袋往头上一套，终于满意地躺下。于是乎，每翻一次身，耳边便沙沙有声，正可谓“听塑料袋沙沙作响到天明”。

两天下来，眼圈红红，沮丧取代了神气。一气之下拿掉那害人的袋子，以牺牲漂亮的绣花枕头为代价，安睡一晚。不料头发开始发痒，想挠无孔可入。“发壳”像个坚不可摧的“碉堡”，手指头“百攻不破”。向一时髦同事讨教。笑曰：以毛线针探之。立觉茅塞顿开，很是佩服同事的高明。过二日，头发奇痒，非毛线针可救急。终于忍耐不住，怀着“破坏艺术美”的内疚，将苦心经营的“碉堡”拆掉，还头发以自然。心中感叹：二十元美发费竟换来五日不安！所喜卸下的发夹不计其数，倒觉得自己像当年诸葛亮“草船借箭”一样讨了便宜。

与朋友谈及此事。众友大笑，曰：美是要付出代价的。要时髦美观么，必先苦其心志，劳其筋骨，痛其肌肤。于是深有感触：现在的文眉、隆鼻、开双眼皮，莫不如此。

说蛇四题

蛇　遇

我的老家坐落在山脚下，是木质结构的老房子，房前还有一个偌大的花园，栽满了花草树木。因为环境太接近自然，偶尔会有某些“异物”登堂入室。一次，一巨蛇盘踞在厅堂的大梁上，吓得在一旁看书的姐姐一声惊叫，手脚酥软。家人闻声赶来，也无不惊恐失色。家中仅有的两位“壮士”爸爸和爷爷受命于危难之际，拿起武器并肩战斗，最后也只有把蛇赶跑了事。此后，每当我们走进厅堂时，心里总怕怕的，担心在某个角落，会有几只小眼睛在“蛇视眈眈”地伺机进攻。

蛇　影

“一朝被蛇咬，十年怕草绳。”说的一点不错。

一天深夜，正值酣睡，忽被“呼呼”的猫的怪叫声惊醒。和我同睡一房的奶奶连忙起身察看“军情”，惊恐地发现床底下家猫正对着一条巨蛇在叫，慌忙叫过爸爸。爸爸戴上五百度的眼镜俯身一看，大叫：

“呀！真是一条大蛇！有奶奶的拐杖那样粗。”于是急忙帮我和奶奶转移“阵地”。

爷爷和爸爸下楼操起家伙，爸爸甩甩头，爷爷得令。两人怀着“壮士一去兮不复返”的悲壮，一步步向危险目标靠近。

等全家人按着一百多次的心跳乱忙一阵后，才发现：原来床底下躺着的不是蛇而是奶奶用过的拐杖。而那只猫仅仅是吃了生食在呕吐。

悬着的一颗心终于放了下来，于是大家对着爸爸大笑：“真的，有拐杖那么粗。”没想到近视的爸爸的这句话竟歪打正着，成了永恒的真理。

蛇　梦

我出嫁后，搬出了那间古屋。但蛇的阴影却一直留在我的脑际。

一夜，半睡半醒之际，借着路灯，我看到一巨蛇正蜿蜒而来。急忙用手推醒丈夫，孰知丈夫也是个怕蛇之徒。我们慌里慌张地悄悄从床的另一边滑下，便落荒而逃至娘家。丈夫随即找来几条汉子壮胆，返回家中，移条搬桌，翻箱倒柜，也没找到蛇的半点蛛丝马迹。

于是众人问我：“你真的看到了？该不是做梦吧？”一句话点醒了我。但事已至此，我已无脸承认了。

梦归梦。几个月后，我就卖掉了那所房子。

蛇　羹

一次，朋友请客，欣然赴宴。不久，朋友端来一自称是拿手菜的鳗羹，我因平时最喜吃河鳗，故大吃大嚼了起来，还大赞美味。饭后，我一脸崇拜地向朋友讨教“拿手菜”的秘方。她听了大笑：“你知道是什么肉让你如此着迷吗？是你最怕的蛇！”我一惊，隐隐地觉得有些反胃，但吃下去的东西犹如泼出去的水，已无法挽回，只好硬着头皮充起好汉来：“蛇怕什么，我平生最恨的就是蛇了，现在烹而啖之，刚好一解我胸中的闷气。”

果真，自从我吃了蛇肉后，再也不怕蛇了。

红房子

大学毕业分配到一所郊区学校，第一天骑车去上班，颠簸在尘土飞扬的公路上，觉得路好长好长，长得似乎没有尽头。想着自己每天要骑那么长的路去上班，就觉得心灰意冷。正当我脚下的轮子转得越来越慢的时候，眼前突然一亮，在前面不远处，有一排用红砖砌成的房子，四周围着气派的围墙。我猜想这就是我的学校，心里一阵高兴，连忙飞车而入，却被一招牌“×× 工厂”挡在外面。原来这只是个工厂。忽记起妈妈曾告诉过我 ×× 工厂过去一点就是学校，希望就在前头，于是浑身使足了劲，车子踏得飞快，不一会儿就找到了我的学校。以后，我每天要骑那么远的路，晴天满路的尘土，雨天满地的水洼，但只要一看到那所红房子，一路的颠簸和疲惫便烟消云散。那触目的红房子，远远地就可以看见，它给人带来一丝丝的暖意，长长的路程也因了它的存在而缩短。

这种感觉是很奇妙的。在我们日常生活中，也需要这一座座给人温暖的红房子。我高中毕业误入“师途”，曾为无法实现心中的理想而百无聊赖。一高我几届的朋友告诉我：“师范图书馆的藏书很多，你可以尽情浏览，毕业后再去考研，也照样能实现你的理想。”于是每日在图书馆捧书苦读。毕业后居然发现自己很是喜欢那一群群既纯真又懂事的孩子。几年后，自己的教书事业刚刚起步，却因种种客观原因不得不调离中学而进入比较清闲的教师培训基地，于是带着几分理想破灭的失意和惆怅。朋友的一句话点醒了我："你为什么不写点东西呢？你不是很喜欢写作吗？"是啊，以前想写却苦于没有时间，现在真是天赐良机。于是一有空就爬起格子来，虽然没有一鸣惊人，但我觉得没有浪费青春。

在人生的旅途中，并不是事事尽如人意。有时候，我们会为了追求一个目标而弄得自己心力交瘁，而目标却渺无踪影。此时我们悲观失望，几乎要放弃追求，如果这时有一个极像目标的假象物出现在你的前方，它照样能鼓舞你走很长的一段路，就是这一个个极像目标的"红房子"，引导你达到理想的彼岸。

我们要学会在通向自己理想的道路上为自己设置一个个"红房子"。

除了赞美，我不能做别的。春色已逝，繁花依然漫过额头。满池莲花绽放的声音，越过闪闪河流，响彻古老的村落。

看一朵鲜花，享受一天好心情

一次，一同事生病，大家相约去看他，买什么好呢？大家相持不下，我就说：“买一束鲜花吧。”我之所以想到要送花，并不是想像其他年轻人那样显得浪漫和故弄风雅，只是因为我曾听过一朋友的故事：

该朋友一次出了车祸，被撞得浑身都是伤，还有可能留下后遗症。住院期间，她每天躺在病床上，不能翻身，不能转头，甚至连睁眼都是十分痛苦的事。于是，她渐渐地变得万念俱灰。一天，她突然觉得眼前一亮，透过她眯着眼的眼缝，她看到了一簇鲜亮的颜色，像一团火在燃烧，她不由得心头一震，看惯了来去匆匆的探望者那一张张灰色的充满怜悯和悲伤的脸，也看熟了病房上空雪白冰冷的天花板，如今这不知是谁送的一束鲜红的玫瑰，就从此定格在她的脑海里。每天清晨醒来，不用睁开眼，那团鲜红就硬是闯进了她的视线，与她交流，与她相伴，直至她奇迹般地恢复。

这个故事，我觉得颇像欧·亨利笔下《最后一片藤叶》的故事，如果说最后一片藤叶唤醒了女画家琼西的生命之绿，那么这束鲜花该是燃起了友人的生命之火。

大自然和人本是宇宙间相因又相通的，他们用自己的生命之光，照亮了每一处阴暗潮湿的角落，共同组成了这个色彩缤纷充满生机的世界。

一朋友说：“看一朵鲜花，就可以享受一天的好心情。”那么，让我们看看天上的白云，看看脚下的土地，看看眼前奔流的小川，看看周围开满鲜花、吐满绿芽的田园，即使那萧萧而下的秋叶，不也潜伏着生之机缘？如此美丽得让人心醉的世界，足以让我们享受每一天的好心情。

朋友，你错过你屋前院子里的鲜花和绿树了吗？你忽略了通往单位的小径上一路青青的小草了吗？为什么要等别人采来送到你的眼前，才发现这世界是如此的美丽？！

笑谈“非典”

黑色的五月，“非典”像个恶魔重重地压在人们心头，挥不去抹不掉避不开。一张口，人们谈论的是“非典”，一打开电视，专题报道的是“非典”；翻阅报纸，几乎整个版面登载的都是与“非典”有关的新闻。沉重之余，聊以故作轻松的笔墨笑谈“非典”，但愿能化解几分紧张和恐惧。

“非典”食谱

自从白醋和板蓝根成为价格不菲的抢手货那天起，就不时出现抢购风潮。先是盐、米等日常用品，再是从十二层增至十八层的防毒口罩，最近又传闻绿豆汤可防治“非典”，于是平时无人问津的绿豆顿时成了灵丹妙药，购买者络绎不绝。某酒店紧抓商机，隆重推出防“非典”药膳，不知又可吸引多少防“典”心切的群众上钩？我家外面是一条阴沟，每天夜里有大量不明爬行物非法入侵我领地。为此十分苦恼，百计已施，不得成效。友人笑谈：这还不容易？你打个广告，说此爬行物可防治“非典”，到时有人会专候门前替你捉拿，而且你可从中大饱腰囊，岂不两全？

草木皆“非典”

人们的心随着“非典”率的不断上升而紧缩。走在街上，总不免提心吊胆，唯恐在自己不足一米之处会有一个“非典”。此时，可怕的声音不是战场上的隆隆枪炮声，而是咳嗽声。据闻，医院挂号处排队挂号，忽闻一咳嗽声，众人皆呈鸟兽散，本一长队，顷刻间唯余一咳嗽者，此乃妙计！

一日，大街上走着一位戴着口罩，手提旅行包，神情疲惫的中年人，似从外地刚刚回来。顿时，行人惊恐不已。逃散者有之，愤怒者有之，责骂者有之。一位小年轻立马打了110，说有一外来可疑人员公然在大街上“闯荡”，希望马上捉拿归案，以安民心。不一会儿，几个全副武装的110警员火速赶到现场，将这位怀疑来自“禁区”的不知天高地厚的闯荡者捉拿责问。原来是附近医院的医护人员，回家拿上衣服用品，准备留宿医院投入战斗。

“非典”创举

口罩来不及做，就拿胸罩当口罩，还说透气功能好。前几日报刊上登载的这则新闻已不是新闻。近日，又传出“非典”创举：某时装公司推出“口罩秀”，袅袅娜娜的模特儿戴着形状各异，色彩图案缤纷的口罩上场，确确实实是酷了一把。且不说挪威一家姓“SARS”（“非典”的英文名）的家族平白无故蒙上不白之冤会不会考虑更换姓氏，就拿最诗意的恋爱，也被染上了“非典”色彩。在广州，不少市民的手机里出现了这样一条短信息：“情人节接吻技巧：接吻前三天，每天坚持服用两包板蓝根；接吻前一刻，请用白醋漱口；接吻时，请远离人群，在空气流通的地方；接吻后，请立刻戴上口罩。”有姑娘与小伙子相亲，街头暗号不是一本书，也不是一朵花，而是“绣上一只米老鼠”的黄色口罩！

“非典”随感

经历一场“非典”大战，终于知道了什么是万众一心、众志成城；什么是无私奉献、舍己为人；也终于明白了什么叫杞人忧天，草木皆兵；明白了谣言猛于病毒，脆弱来自心理。而且我终于相信：战胜自己比战胜病毒要困难得多；真正令人害怕的不是SARS病菌，而是利用“非典”非法牟取暴利的唯利是图的人！这才是最为可怕的病毒，因为它不是存在于一个时期，而是长久地存在于我们周围。

家有“小”女

胆小不如鼠

女儿胆小如鼠，这话一点儿也不过分，倒像在抬举她。因为她视鼠如虎，谈鼠色变。

女儿最怕的是小偷。自从她有了小偷的概念之后，几乎每天晚上如临大敌，反复叮咛我们要关好窗户和门，门反锁了她还要拉拉看，等一切“验收”合格后才上楼睡觉。但只要楼梯上有一点响声，她就紧张地盘问：“谁？”为了给她壮胆，我告诉她，我们家对面养了两只狗，小偷听到狗叫，就不敢进来。如此一来，每当狗叫的时候，她就屏住呼吸，好像小偷就等在家门口。

虽然她知道狗会抓坏人，似乎可算得上是个“英雄”，但这丝毫不妨碍她怕狗，为了绕开狗的视线，她每天要绕一个弯走后门。有时不小心让一只狗跟在后面，她便撒腿就跑，速度快得惊人。由此我得出结论：人的潜能真是巨大。对付平时跑步老不及格的女儿，我想最有效的方法是考试时在她后面放一条狗。

因为胆小，女儿很能体谅别人的孤独处境。外公出差了，她非要留下来陪外婆。有时我一个人出差，她就硬要她爸爸送我，说外地坏人多，妈妈一个人去会被坏人抓走的。

唉，女儿的胆小让人可笑可气又可爱。

有时有“小雨”

每次看到电影演员到关键时刻泪如雨下的镜头就佩服得不得了。女儿就很有这种天赋。她的脸像春天的天气，刚还是晴天，一眨眼就晴转多云，有时有小雨了。在学校里，别人还没欺负她，她已经“哇”的一声大哭，好像挨了重重的一拳。弄得老师每每以为她受了很大的欺负，而将那位不知天高地厚的孩子狠狠批评了一顿。拿起电话给小朋友打电话，听到对方一句“你打错了”，就像是受到了一句很严厉的训斥，足足哭了半小时。有时给她夹了一口她不爱吃的菜，她小嘴一扁，“小雨点”滴滴答答地下来了。

每次哭得我心烦意乱，只想揍她，可转念一想，那样更要惹得她大哭一场。于是，每当她哭的时候，就告诉她哭的种种后果：哭会使脸上皱纹增多，眼睛变小，嘴巴变大，哭多了准会变成丑八怪。呵！这一招对爱美的女儿倒真管用。她从此不敢再那样放肆地眯眼咧嘴大哭了。每当她忍不住要哭的时候，她就张大眼睛，闭紧嘴巴，发出“呜呜”猫叫似的声音，比起以前可是文雅多了。

每每看着她费了好大的劲憋出来的哭声，我就再也生气不起来了。

幻想小天地

女儿不好动，她最大的喜好是看书，她可以手捧一本书一连几小时坐着纹丝不动。书看多了，想象力就很丰富。

刚会说话，看着地上的塑料袋被风吹着，她拍着小手很高兴："妈妈你看，塑料袋在跳舞。"

大一点了，看到一个老外，觉得很新鲜："妈妈，那个人的头发怎么像肉松？"肉松？好俗气的一个比喻，但仔细一想，倒想不出比它更形象的了。

鞋子破了个洞，脚趾头露出来，她会说："像我的大门牙，真好笑。"

她嘴里吹出来的泡泡会变成"一串串的葡萄"，一串串的葡萄会变成水晶玻璃球，她爸爸的一双臭袜子会变成一群她不喜欢吃的"臭鱼"。

她还发明了"西瓜游泳池""萝卜房子"，天上会下起"动物雨"。

她还很关心人类的命运，自从在报纸上看到过十六年后地球可能与一行星碰撞的报道，她每天寝食难安。终于，她梦到自己变成一个超人，用自己发明的特制打火机"干掉"了前来捣乱的行星。此后，她总算放下了一桩心事。

从小懂爱情

书看多了，会早熟。一天，突然出言不逊："妈妈，我们班上同学都懂爱情了。"接着就列举出班上一大串的名字：哪个男同学看上了班上的文娱委员，哪个女同学看上了隔壁班的少先队队长……正说得起劲，抬头看我吃惊地瞪着眼，连忙显出一副因害羞而忸怩的样子补充："就我还不懂。……妈妈，什么是爱情？"

什么是爱情？告诉她爱情是男女之间最平凡也最宝贵，最纯洁也最复杂的一种情感？是一种可遇而不可求，只可意会不可言传的交流和默契？要让八岁的女儿听懂，实非易事。我只好用言语搪塞：“其实爱情是一种非常纯洁而美好的感情。人类之间的爱都是爱情。比如妈妈爱你，你爱妈妈；爸爸爱你，你爱爸爸；同学间的友谊，都是爱。”

“啊，我爱妈妈，也是爱情？”女儿显得非常吃惊，显然我的爱情观与她的相去甚远。我突然觉得自己十分滑稽而无助：将“爱情”泛化为“爱”，竟经不住女儿一句天真的反问。

于是我想一语了之：“总之，你长大了慢慢会懂的。”女儿见我一脸的不耐烦，便来个“旁敲侧击”：“妈妈，我同学盈盈说她外婆十几岁就结婚了。”在女儿的心目中，结婚一定是非常幸福而令人向往的事，所以她特别强调“十几岁”，这可能是童话中的大结局“公主与白马王子幸福地生活在一起”给她的美好诱惑吧？

“那一定是在农村里，没什么知识，那么年轻还不懂爱情就结了婚，往往会受骗上当，生活得很痛苦。”

“那么，奶奶被爷爷骗了吗？”她进一步逼问，我发现自己再一次败下阵来。爷爷奶奶也生活在农村，也是很早结婚，为什么他们生活得那么幸福？

看来，到头来，不懂爱情的人是我这个当妈妈的。

一朵花的灵魂拍不出来，你拍出的，也许只是你对自己青春的悼念。

寝室轶事

虽然我们都是三十好几的老学生，但一回到校园，我们仿佛都恢复了青春。我们五人一个寝室，年纪最大的理所当然地成了我们的老大；有时候，当我们正老大长老大短叫得亲热的时候，会引来许多好奇的目光：你们是什么组织？后来，老大这个名词叫厌了，想给她换个雅号，刚好那时老大痛下决心把自己头发染成了黄色。于是我们乘虚而入，称她“有点黄”，当然，这个“黄”可大有深意哦。因为五个人都是结了婚有了孩子再出来读书的，因此有些玩笑就少儿不宜。一次我们几个探亲返校，老大因忙着找资料，原不打算回去，后来见我们个个满面春风的样子，也忍不住想回去幸福一把。我们都打趣她：“你不是不想家吗，怎么又芳心荡漾了？”她回道：“你们真是饱汉不知饿汉饥。”于是，“饿汉”成了“有点黄”的一个很好的注解。

号称“眯眯眼”的老三有着一双小而媚人的眼睛，不漂亮，但女人味十足，每每使男同学生出许多幻想。她精明起来很精明，糊涂起来也令人刮目。她的口头禅是“都这把年纪了”，似乎真是上了岁数的人了，可每每出去约会的是她，半夜收到情感骚扰电话的是她，房间里总有玫瑰馨香的也是她。她有一大长处，就是她可以让别人魂不守舍，夜不成寐；而她却总是悠哉游哉，从没见她为感情纠缠而烦恼过。一次她的老乡女友打电话向她哭诉说同办公室的一位同事每天给她写求爱信，不知如何才能摆脱这种纠缠。她的回答简单明了：“你跟他说自己深受感动，准备回家与丈夫离婚，嫁给他。”不几天，老乡打来电话，掩饰不住内心的激动：“这招可真灵！我一说，他就露出为难的神情，还说这事得慢慢来。自此，他就再没写过信。”

如此精明的人也常有犯糊涂的时候。一次，我女儿打电话到寝室找我，她接的电话，一听是童音，就以为是她的儿子。那边是我五岁的女儿妈妈长妈妈短，这边是我这位可爱的“眯眯眼”宝宝乖，乖宝宝。直聊了十分钟还不觉过瘾，还要“叫爸爸接电话”，等那边的“爸爸”拿起电话一发音，这位小姐才知道事态的严重，她来不及叫我，已笑晕在一旁。从此“眯眯眼”又多了个绰号——马大哈。

最纯洁的要数我们寝室的小妹，芳名“杨东方”，我们都叫她“东方红”。可每天东方红时，她都在做美梦。她的梦可是有“品牌”的，因为她专做名人梦，每天早上一睁眼，第一句话准是“今天我梦见——了”。她梦见过的名人可多了，先是刘德华、郭富城；再是谢霆锋、陆毅；当代明星梦完了，她就梦古人，王维、李白都曾闯进过她的梦乡，有一回她梦见了陆游与唐琬，演出了一曲凄惨感人的爱情剧，醒来时还是泣不成声，仿佛她就是唐琬，刚刚与爱人生死别离。只这一回，她没有向全世界宣告“我又梦见——”，而且一整天闷闷不乐，打不起精神。我们都盼望着有朝一日能进入她的梦乡，以与名人沾一点边。可她梦来梦去总也梦不到我们平凡人。好不容易有一位室友闯进了她的名人区，当她一早把这个消息向室友们公布时，激动得这位幸运的“梦中情人”立马从热乎乎的被窝里跳出来，给了“东方红”一个响吻。可一问内容，才知道梦见两人为争一个衣架打架。

都说“三个女人一台戏”。我们这五个老女人，不知道演绎了多少台让人哭让人笑让人激动让人回味的故事。但愿老天有眼，让我能再有机会重返校园，过上这样一段幸福的日子。

有人可以祝福，是多么幸运

父亲节的时候，朋友圈里都在发各种祝福短信。但在这铺天盖地的短信中，有一则微信，一个关于银行贷款的新规定，在这些父亲祝福群中显得那么的不合时宜。我突然像触电一般，内心极为自责。在我们大肆宣扬我们伟大的爱意的时候，有没有考虑过那些失去了父母，没有亲人可以祝福的人内心的酸楚？他们只能在这些祝福短信中压抑内心的汹涌，故作镇定，顾左右而言他。

就比如这位发不合时宜微信的同学，她是我中学室友，人长得美，又多才多艺，家境又好。是我们这些无貌无才的人都羡慕得不得了的。但她一点也不自傲，对人很谦和，也没有小姐脾气。记得刚进校那年我生日，因为离开亲人的祝福，觉得自己的生日会过得特别惨淡。哪知道她无意间知道了我的生日，就在那天，特别邀请我们寝室的所有同学到她家去吃饺子。

于是，在一个阳光明媚的日子，我们全寝室出动，到了那个宽敞明亮的跃层式小洋房，她的爸爸妈妈听到响声早已迎了出来。进门就看到她姐姐和姐夫已经在包饺子了。那天，我们享受到了在自己家里都不能享受到的高级美餐，还认识了这位同学健谈开朗的家人。在这个家庭中，你会看到每一个眼神都饱含爱意。她打趣姐夫肚子上的赘肉，她姐马上与她联手。她姐夫诙谐地反击，并亲昵地不时刮下她的小鼻子。爸爸烧菜，妈妈打下手，每一个动作都配合得如此默契。菜烧得咸淡如何，爸爸夹起菜让在一旁的妈妈尝尝味道。我终于知道我的这个同学为什么举手投足之间都给人带来暖意了。我们都很羡慕。

但到了高二暑假，我们还没开学，同学群里传来噩耗，说这位同学的父母、姐姐和姐夫因为一次重大的车祸，四人同时丧生。这样的晴天霹雳，连我们都觉得整个世界要塌陷了。我们不敢给她打电话，不敢发短信，只能在心里无数遍问自己她该怎么办？

开学的时候，她来了。一切都显得异常平静，只是，在她的眼角，看到了几缕忧伤。我们都假装自己什么也不知道。她也是竭力隐藏，似乎什么事情都没有发生过。只是，一个月后的一天，喝醉了酒的她痛哭流涕，向我们诉说着自己的悲恸："回到家里没有人嘘寒问暖，受了欺负无人可以倾诉，遇到难题没有人给你出谋划策。在想他们的时候，都没有办法给他们打个电话问声好。天下之痛莫过于此。"

于是，我们这些拥有父母兄弟姐妹的爱还嫌烦的人，都集体沉默了。

在每个节假日，在父亲节母亲节，在家人互相祝福、团聚的日子里，我都会想到她。我不敢想象，她是如何在每个烟花灿烂、鞭炮震天的夜晚，让泪水打湿不成形的美梦；当众人聚集在温暖的灯光下，在亲人们觥筹交错祝福声之间，她又是如何黯然神伤地"举杯邀明月，对影成三人"的。在人们尽情享受亲人的短信轰炸、爱的电话煲时，她又是如何拿起手机一片茫然，如果天堂也有亲情电话，该拨通 661 还是 668？

不知什么时候，我的爸爸妈妈也已到耄耋之年，行动不便，需要有人照顾。我就让他们搬过来和我们一起住。在长期照顾老人的日子里，也曾经有过怨言，也后悔过当初的选择。但是，看到两位老人身体一天比一天健朗，内心也是非常满足。每天上班可以听到父母“天凉了，要多添衣”的叮咛，下班后可以看到父母慈爱的笑容，不需发短信打电话就可以知道父母是否安康，心里就特别踏实。

于是，在每个辛苦的日子里，都会告诫自己：父母健在，无须担忧。这是上天赐予的福分。在母亲节父亲节买一束鲜花献上，告诉自己：有亲人可以祝福，我是多么幸运！

我不是人

小李业务素质很好，又写得一手好字，也算是个才华横溢的青年。可工作近十年，虽兢兢业业任劳任怨，却不但没捞着一官半职，连单位内部的先进都没沾上边。深知他个性的好友小陈很为他打抱不平，决定利用自己多年的做官经验，好好给小李上一堂课。

首先，小陈分析了小李性格上最大的缺陷，爱脸红。只要是说自己不愿意说的话，诸如阿谀奉承的套话、曲意巴结的假话、无话找话的空话时，都会心跳加快、脸上羞红。而这种现象的根源在于自尊心太强。所以小陈开导小李："自尊？自尊值多少钱？要在这世上混，就别把自己当人！"

年过而立还是一事无成的小李也甚觉自己窝囊。于是经过小陈的多次教育后，准备试试。

迎面走来了部门女经理，虽半老徐娘，却浓妆艳抹，花枝招展，平时最爱卖弄风骚，尤其是上级来检查工作时，频送秋波殷勤备至。她是小李一见就感恶心的那类人。可今天，小李却挤出一副笑脸，装作很欣赏陶醉的样子："啊，经理今天的衣服真漂亮，看上去很年轻耶！"在讲到"耶"的时候，小李忽然觉得自己真的是在自欺欺人，如果这样的女人算漂亮，那么自己的眼光岂不太有失水准？这样想着，脸“嗖”地红了，觉得恶心的不只是对方，还有自己。他转了头，疾步而去。留下刚喜形于色又转而一头雾水的女经理。

出师不利，首战告败。他又去请教小陈。小陈授他一锦囊妙计。

于是，在公交车上，小李看到自己科室的科长提着公文包挤上车，要在往日，小李会假装没看见，或向他点一下头算是打招呼。可今天，小李热情地起身相迎，把自己的好座位让给了这位比他年轻十岁的科长，还很费劲地一手握住扶手，一手在公文包里掏钱。当他看到这位科长一声“谢谢”就毫不客气地坐下，眼里还带着些不屑，一种羞辱感喷涌而出。但他马上镇定下来，因为他已经打开了小陈教给他的锦囊妙计，在脑子中聚精会神地念着：“我不是人，我怕谁！我不是人，我怕谁！”

凭着“我不是人”的信念，小李牺牲了自己几乎所有的与家人团聚休息的时间，无偿地为总经理上小学的孩子辅导书法，那可是手把手儿一对一地教啊。以前总经理曾多次提出，都被自己一句话拒绝了，这次可是自己主动提出来的。

凭着“我不是人”的信念，小李帮在外面有外遇的科长挡住了他老婆的“暴风骤雨”，指天发誓那天晚上科长跟自己在酒吧里喝到大半夜。

凭着“我不是人”的信念，小李把那个看上去有点恶心的女经理哄得很舒心，还接受她的邀请，成双成对地出入舞场。

一年以后，小李的业绩大增。他的“企业书法家”的美誉也不胫而走。不久，因为小李过硬的业务素质，受种种表彰，并被层层提拔。三年后，他成了总经理。当他享受着别人为他提供的“我不是人”的服务时，他忽然觉得一切的付出都有了回报，而这种回报是他即使兢兢业业工作十年甚至一辈子都不能得到的。他觉得很满足，因为他终于赢得了自己的尊严。

可事出不巧，几年后，正当李总出门奔驰、进门豪宅，生活越来越得意的时候，一副冰凉的手铐铐上了他，与他相伴走过了余生。在狱中，他忏悔：“我不是人……”

当然，这结局也许只是个虚构。

一对粉色瓷娃

张先生和太太这几天又忙着给张先生的一个得意门生俊介绍对象。上次张太太曾经给俊介绍过一个，后来说不清是什么原因，见了几次面，然后就不了了之了。张太太只好怪他们没有缘分。

有了先前的教训，这次张夫妇显得格外慎重，事先商讨好第一次见面的时间、地点和见面的方式。俊也显得格外殷勤，三天两头往先生家跑，向先生太太讨教，如何赢得一个女人的芳心。张先生于是大谈自己追太太的成功经验：要追一个人，首先要摸透对方的喜恶，投其所好，比如师母喜欢粉红色的小玩意儿，我第二次见面就送了她一个粉红色的首饰箱。

于是俊汲取先生的经验，马上行动，买了一对粉色瓷娃，顺便送了张太太一个。张太大打趣道："姑娘还没见上面，你怎么知道她也喜欢粉红色的小玩意儿？"俊有点不好意思，只说"错不了"。

星期六，俊和姑娘第一次见面。作为媒人，张先生和太太都经过一番修饰，尤其是张太太，穿了一件粉红色套装，看上去年轻漂亮、光彩照人。那位姑娘来了，她外貌清秀，举止文雅，羞答答的，把少女的风姿表现得淋漓尽致。

张太太是第一次见到这位姑娘，感觉很不错，她相信她和俊是天生的一对。于是，她留意观察，想看俊是否喜欢上了这位纯情少女。俊似乎显得有些紧张，说话时，不敢正眼对着姑娘，只拿眼睛不停地瞄向老师和师母。张太太暗自好笑：平时潇洒大方的俊怎么如此怯场？

姑娘走后，俊征求老师和师母的意见。张先生和太太把姑娘极力赞扬了一番，认为如此清纯少女现在社会上已很少见了。俊听后不置可否，只沉默不语。

临走时，俊想起忘了把另一个粉色瓷娃送给那姑娘了，于是他又把它放在了师母的桌上，与原先的那个配成一对。

市长敬酒

市长端起满满一杯酒来敬酒，全桌人员起立迎接。忽有一小毛头青年冒出一句："市长，你杯中是酒还是白开水？"市长二话没说，放下杯子要与小青年的半杯葡萄酒换。众人齐声附和。小青年先是不从，旁边的同仁不停地向他使眼色，拉衣角，终于发觉自己失言。为弥补过失，只好硬起头皮，端过市长的满杯白酒。正面呈难色，同桌里站出一侠义人士，主动分过半杯。于是两位与市长一同干杯。只见小青年闭上双眼，很痛苦地将白酒往嘴里送，但随即，脸色便舒展开来，一口气喝完。放下杯子刚想发言，只见那位侠义人士已皱紧眉头，作出不堪烈酒之状："至少有 60 度，真是烈酒。"小毛头听了，刚刚还舒展的面容也慢慢地缩紧，装作很痛苦的模样："烈酒烈酒，真是烈酒！"全桌人马上应和："烈酒烈酒。""市长出马还会倒白开水，真是……"

市长又到另外一桌敬酒了。临走之前，拍拍小毛头的肩膀："我当市长三年了，还从来没有人这么不信任我……"

师德报告会

今天，师德报告会隆重登场。全县老师集中剧院，接受师德的洗礼。为显示此次会议的重要性，校长亲自坐镇，在剧院门前守候。并派专门人员负责点名签到，来一个签一个名。与会就是师德的具体体现，谁敢怠慢？

人慢慢到齐了。剧院里，后面十几排的位置座无虚席，唯有前面几排稀稀拉拉，只坐着几个“后来者”。会议马上就要开始了，主持人皱了皱眉，扯开嗓音：“请后面的同志坐到前面来。”后排有了一阵子骚动，大家交头接耳，嘀咕了一阵，又恢复了平静。位置依旧。主持人又加重了语气，但还不失礼貌：“请最后几排的同志到前排就座。”台下似乎没什么反应。终于，一个五十开外的人起身，大家用尊敬的目光目送着他往前排走去，但只见他转入厕所进出处。大家微微有些失望。这时，主持人再也沉不住气了，语气也变得严厉：“后面的同志，后面的同志，到前排来！”台下一片寂静。

已经超过预定时间三十分钟了。报告会还未开场。台下人群开始了新一轮的骚动：大声谈笑者有之，发牢骚者有之，有几个愤然离席，但又返回了座位——大门已被关闭。

终于，主持人的声音盖过了嘈杂的人声：“同志们，由于作报告者因故不能到场，原定师德报告会改为海洋歌舞团演出。”

顿时，后面的人群蜂拥而上，头几排的位置被抢占一空，有几个甚至为了争夺一个位置而相持不下。

又是十几分钟过去了。等大家都安定下来以后，演出开始了。报幕的还是那位主持人——“下面我宣布师德报告会正式开始！”主持人略带沙哑的声音，久久地在会场上空飘荡……

情　诱

读大学时，晓晴曾经做过一个非常美好却又不可告人的梦。那个戴着眼镜、风度翩翩的英语老师是她心中的白马王子。在她眼中，他总是那么潇洒、阳光、帅气。而且，他对她也总是特别关注。上课时，他总是举一些别有用心的例子让同学们翻译，比如，“她是一个漂亮的女孩，她的眼睛又大又蓝”“她很害羞，笑的时候有着迷人的小酒窝”之类的，然后一边用他纯正的英语说着这些甜蜜的话语，一边用炯炯发亮的眼睛盯着晓晴，仿佛他所赞美的那个人就是她。每当这个时候，晓晴总是羞红了脸低下头去，即使这样，晓晴也能感受到他那灼热的目光。

那时，晓晴还是个胆小害羞的小姑娘，忽闪着一双蓝色的大眼睛，笑起来露出迷人的小酒窝，大家都说晓晴是个漂亮可爱的姑娘。但在自己喜欢的人面前，她总是很自卑，一与他接触，便涨红着脸，不知该说些什么。为避免失态，她总是极力躲着他，把那份憧憬和美梦一起悄悄收藏在心之一隅。他们之间所有的交集，就只在每天傍晚的时候，晓晴去食堂吃饭的路上，总是能看到从篮球场打完球回来汗涔涔的他，穿着背心短裤，露出健硕的肌肉。每次相遇，出于礼貌，晓晴必须得叫他一声老师，而他，总是乘机开晓晴几句玩笑。比如，一天晓晴穿着一件米黄色的风衣，还系着蕾丝腰带。他就故作惊讶："哎哟，哪里飞出一只小蜜蜂？"诸如此类。

毕业后，晓晴自以为慢慢长大，慢慢成熟，也自以为自己忘掉了他。后来，嫁给了一个非常疼爱自己的丈夫。有时她也会悄悄地问自己，如果嫁的是当初那个人，结果又将会如何？得出的结论是：那只是属于一个不谙世故的小姑娘的公主梦罢了，学生迷恋老师，天经地义。于是，慢慢地将他淡忘。

多年后，晓晴偶然在电视里看到他，是电视台采访有关男女承担家务问题的一档节目。只见他提着菜篮子在菜场里探头探脑，给记者逮住了，很不好意思，说自己只承担买菜这一小部分家务，其余的都由他妻子包揽了。才知道他已经结了婚。而此时的他犹如从天上降到了人间，只是个普普通通的小市民。

后来晓晴考上了研究生，告别了家人，踏上了求学之路。进校的第一天，在找寝室时，名单上一个熟悉的名字赫然闯入眼帘。她先是一惊，后又安慰自己：世界如此之大，同名同姓的人如此之多，不至于跟我开这种玩笑。于是释然，管自己吃饭上课。

忽一日，上英语课时，两男同学与晓晴打赌，说英语老师要换一个，且是她过去的英语老师，晓晴硬是不信："前一个英语老师刚只上过两节课，不至于马上要换老师啊，况且，我过去的英语老师是谁，你们怎么会知道？"对方一味地笑而不答，只是再三强调，如果她输了便要请他们吃饭，顺便请上英语老师。

第二天英语课，走进来的便是他，一套很随便的夹克衫，透出几分英气和洒脱。他微笑着，怀着胜利者的骄傲。不向大家介绍自己的姓名，也不解释为什么忽然之间换了个老师（后来晓晴才打听到他与妻子离婚后去读了博，毕业后刚分到这所学校），只是说：“我原来在某某大学任教，这里有一位是我的学生。”仿佛介绍的不是他，而是她。

往后的日子，便是痛苦的开始。他的宿舍就在她楼下，每天好几次她不得不从他的窗前经过，而且常常是一转身便可看见他在后面若无其事地走着。他们所有的交往的内容便是遇见时笑一笑打个招呼。那场赌约请客也被晓晴以种种理由给取消了，因为她深知前面是个陷阱，只要稍不留神，便会粉身碎骨。

那天，同寝室的好友跟她一起外出回校的路上，开她玩笑：“你的眼睛又大又亮，只要多看哪个男孩子一眼，就会将他电倒。”她笑着说：“我的眼睛又没电，怎么能将别人电倒？”同伴硬要拉她试试。晓晴为成全同伴的美意，戏说从校门口走到寝室，遇到的第一个男孩子是谁，就向谁放电，看看对方有没有电倒。路很近，又是中午，太阳很烈，想必不会遇到什么人。果然，一路畅通无阻，她暗自庆幸。再走几步就到寝室楼了，同伴遗憾地说：“我真想拉个人出来让你试试。”她也装作很遗憾的样子：“哎，看来我是无缘与谁触电了。”话音刚落，楼梯口“砰”的一声关门声，出来一个人——是他！晓晴和同伴“哈哈”笑得不可收拾。他看着她们蹲在地上捧腹大笑，忙把自己上上下下打量一番，怀疑自己穿错了什么。

第二天，他私下问她同伴：“你们昨天笑得那么开心，是不是与我有关？”同伴就将有关放电的事一股脑儿告诉了他。

于是，那天晚上，晓晴一个人在校园里散步，他不知道从什么地方冒出来。第一句话就说：“看来我永远摆脱不掉你的电磁波，十年前我是你的老师，十年后我还会跑过来当你的老师。我在寝室里听到你的声音，就跑了出来，自动撞到你的电网上，不用你放电，我已经被击倒。”

一番独特的表白，没有一个爱字，却同样令人怦然心动。

那个晚上，晓晴如同置身于幸福的云端，没有时间，没有旁人，没有星星和月亮，甚至后来竟然记不起走的是哪一条路。仿佛走了很长很长时间，说了很多很多话。当他们终于停下脚步，晓晴发现，他们正站在寝室楼下面。寝室楼给她以威严，让她从云端掉落到人间。她才猛然记起：刚才一路上似乎遇见几个熟悉的面孔，楼上住满了同学，楼下的寝室住着老师，而旁边与她相携而立的是她的英语老师！

接下来一连几天，晓晴鬼使神差，虽然心里无数次告诫自己：前面是个陷阱，不能往下跳！但她的脚总不听使唤，在那个走过无数次的校园里，与他相伴，走得有滋有味，走得诗情画意，在每一个有月亮或没有月亮的晚上……

很快，同学们闻出了他们关系的异常。开玩笑时，总是有意无意地牵扯出他，而且脸上总是带着诡异的笑。渐渐地，晓晴发现校园里有很多双眼睛在好奇地打量她，身后总有人在指指点点窃窃私语。

她害怕了，不是怕别人的议论，而是怕她自己。她害怕那个不顾责任和义务放纵感情的自己，更害怕那个飞蛾扑火的自己。于是她躲进寝室，与同寝室同学一起，不敢单独行动。虽然每天在脑中都会反复出现一个人的影子，心里会反复默念一个人的名字，以及不可救药的失眠，但她还是不会让自己找任何一个可以见他的理由。

除了上课，那是她最难熬的一段时间。她不敢抬头，不敢承受他那焦急灼热探究关怀的目光。而这样的目光，她躲无可躲。在路上、食堂、教室、寝室前，总可以看到。每当这个时候，她总是紧紧拉着同伴不松手，害怕一松手她就跟着那个目光而去。

终于，她的感情似乎要崩溃了。她有一个很强烈的愿望：要回家！

要逃离这个是非之地！

她落寞地坐在火车站候车室里，脑子昏昏沉沉，空白一片。恍惚之中，感觉有人坐在她身边，在与她说话，又觉得自己的手被紧紧攥住。她惊觉过来，发现他就坐在她身边，一脸的憔悴和急促："为什么？你病了？家中有事？我做错什么了？"看着他那语无伦次的无助神情，她明白：她和他都已经受到了惩罚。

她不忍心看他，只是蹦出"我会回来"几个字，便甩开他的手。

"呜——"火车发出轰鸣，她透过车窗，看着站在站台上的那个身影在寒风中渐渐变小，最后，在她的泪眼中与周围的人流模糊成一片……

火车在绵延不尽的轨道上行驶，它的一头连着她的家庭和责任，另一头系着她感情的最初和现在……

同　情

小李离婚了！我们同单位的人都为她打抱不平，听说她丈夫吃喝嫖赌样样精通，这更激起了我们的愤怒，大家同仇敌忾，只想帮小李出一口气。于是，替她出谋划策，要她丈夫赔偿更多经济损失的有之；同情她安慰她，为她叹一声“女人苦”，为她撒一把辛酸泪的有之；而更多的人，则是绞尽脑汁为她物色一个好的对象，亲戚、朋友，甚至搭上自己的儿子。可小李总是笑着婉言谢绝，于是大家都交口称赞小李的痴心、多情、圣洁。

几个月后的一天，一同事一到办公室就神秘十足的样子，还用“你们猜猜昨晚我看见什么了？”来吊大家胃口。最后才庄严宣布最新消息：他看见小李和一风度翩翩的男子紧挨着走在一条小巷里。

这消息不胫而走，上自领导，下至勤杂工，都知道小李有了新男朋友。

又有一天，有一位同事神秘兮兮跑过来，压低声音透露内情：其实小李早就跟那男的勾搭上了。

不几天，又传来消息：小李就是因为和那个男的勾搭上被她丈夫发现后才离婚的。

几天后，又有人说，其实小李的丈夫是个顶天立地的男子汉，小李背着他做了许多见不得人的事，但他都没有张扬。

于是大家见了小李，不仅没有了以前的热心，反而避之三分。

直到有一天，一同事实在忍不住好奇，向小李打听新男朋友是做什么的。小李淡淡地笑了笑，说："我没有男朋友。你们前面一次看到的是我弟弟吧，他从北京过来看我。"

于是大家又都关心、同情起小李来了。

走过新疆的喀拉峻草原和那拉提草原，才知道以前看到的所谓的草原只能叫一片草坪，以前看到的所谓的雄鹰只能算一只大鸟，所谓的骏马只是驯服了的马匹，所谓的花海只是一片繁花。凡事只有经历，才能真正懂得。

真实的谎言

早就对同事家的小保姆娟娟垂涎三尺，所幸她在同事家服务期将满，于是我和刚满周岁的女儿翘首等待这位准保姆“过门”。

忽一日，娟娟跑来，神情悲戚：“主人不要我了，你也肯定不要我了，不过我真的没做过！”我莫名其妙，问其缘由。她三缄其口，只用汪汪泪眼看着我，强调再三：“我真的没做过！”

为查明真相，晚上跑到同事家。娟娟开的门，她让我进屋，便知趣地走开，只是回头用恳求的目光看着我，仿佛在请求我的信任和援助。

同事告诉我：昨天在口袋里放了两千块钱，要用时，才发现少了两百。又提起上个月放在抽屉里的戒指也不翼而飞，于是断定是娟娟所为。

看着同事满脸的坚毅，我没理由不相信她，于是我逃也似的离开，生怕再遇到那双满是冤屈的目光。

两天后，娟娟来告别，说要回老家四川去了，本来她很喜欢留在这里照看小孩，可现在看来是不可能的了，因为大家都认定她是个小偷。她边说，边用力地摇摇头，似乎要甩掉自己的委屈。我几乎心动想留下她，但终于没有勇气。只是无言地目送她远去，心里有一丝的歉疚。

后来与几个同事闲聊间，偶尔提起娟娟，一位似乎深知内情的同事神秘兮兮地说："其实要乖最数娟娟，人勤快，好使唤。只可惜，她知道主人家的事情太多，而她的主人，又不想把家里的事张扬出去。所以就……"经这位同事这么一说，我突然想起娟娟服务过的那位同事，人很漂亮，但经常脸上、脖子上有些伤痕，听说是被她老公打的。也许是怕娟娟把自己的这些家丑张扬出去吧。

我开始后悔当初没有留下娟娟，特别是当我收到娟娟的一封信后，更是觉得娟娟的无辜。信中写道：我又回到我极力逃避的家了。我喜欢带孩子，但爸妈硬要我去学裁缝；我不想结婚，但再过一个星期，我就不得不与一个陌生男子结婚了。请相信我，我真的没偷过主人家的东西。

看过这封信，我更是悔不当初，偏信一方，连给弱小无辜者申诉的机会也没有。就因为我一时的软弱，却铸就了一个无辜少女的可悲命运。

在以后很长一段时间里，娟娟无辜的眼神经常在我脑海里回放，我也为自己助纣为虐的行为深感内疚。

直到有一天，隔壁家来了一个新保姆，恰好也是从四川来的。一打听，居然是娟娟的同乡。忙问及娟娟近况，她露出一脸的不屑："娟娟呀，人倒是蛮机灵的，可就会三只手。在家乡被人逮住好几回，混不下去了才出来当保姆，等待时机捞一把，现在她又到另一个地方发财去了。"

我心里一惊。但此时我没有马上相信这个保姆的话。我只是觉得：有时候，语言比人品更不可靠。或出于私心，或出于攀比；或源于盲目信任，或源于偏听为信，都有可能造成认识上的误差。就如先前的我。

我们都生活在语言的谎言中，要学会用自己的双眼和智慧去判断。

图文世界

我们每个人都可以成为心灵魔术师。用神奇的魔棒轻轻一点，普通的南瓜变成豪华的马车，丑陋的蜥蜴变成帅气的侍从，小小的老鼠变成了翩翩的白马。而你，就是那个美丽而善良的水晶鞋公主。这样的童话人生，何愁不美丽？！

此生是蛹，来生愿化作遍山的蝴蝶

——走进蒋勋的美丽世界

我相信这个世界上有特别儒雅的人，他也许不需要玉树临风，但骨子里透露出来的气质让人不知不觉受他吸引；我相信这个世界上一定有特别具有情怀的人，他也许不需要做多少善事，但他在文字中所流露出来的悲悯、宽容和豁达震慑人心；我也相信这个世上一定有上帝特别垂怜的人，同时赋予他画家的灵气和才情、作家的思想和智慧、美学家的感官和情怀。具有这么多“特别”的人不多，蒋勋肯定是其中最具代表性的一个。

初次认识蒋勋，是在他的《给青年艺术家的信》上。我惊讶感叹于一个人竟有如此丰富敏锐的感官世界。在他的笔下，故乡中夹杂着“像一片细细的丝绸，在我身体四周飘拂缠绕着”的姜花的气味；乡愁中融合着一种“紫色的豌豆花在竹架上绽放”的气味，含笑在正午时“浓郁不散的甜甜的香气和茉莉在脚跟下回旋，若有若无”的气味。童年更是充满了“泡在盐水里的杨梅的酸酸的气味，凤梨削皮时刺激口液的气味，甘蔗田里，甜而燥热的气味”。看了他的书，我第一次尝试着动用我所有的感官，去感知外部的世界。尝试着像蒋勋那样“通过嗅觉，辨识大片已经结穗的、有着谷香的稻田。扑面而来的风，带着那么浓郁的稻叶和谷粒的香气”，“用纯粹的触觉感受这一块桌巾，感觉每一根麻丝的纤维交织起来的细密的纹理”。蒋勋说：“艺术家只属于一个国度，便是感官的国度；艺术家只有一个国籍，便是心灵的国籍。”作为一个平凡人，我们也是生活在一个感官的国度，但我们苍老的感官让这个世界变得多么苍白而单调。感谢蒋勋，让我们认识到这个世界有多么的饱满而又多彩！

读过不少关于《红楼梦》的点评和欣赏，唯有《蒋勋说红楼》最为平易近人，最贴近生活和人情。蒋勋认为在传统的封建社会里，人是没有青春可言的。《三国》《西游》《水浒》都缺少《红楼梦》这样的“青春之歌”。曹雪芹的伟大在于“包容”，无论书中人物的生命是高贵的、低贱的、残酷的、富有的、贫穷的、美的、丑的，作者曹雪芹没有“嘲笑”，只有“悲悯”；没有“不喜欢”，只有“包容”。在《蒋勋说红楼》中，你很少看到封建社会、封建家族没落这样的大道理，也很少看到对人物的典型化分析，却能跟着作者揣摩每个细节所透露出来的人物的真性情，感受蒋勋对人物、对生命所表露出来的真情怀。与其说这是一本评论，还不如说是一本散文。游走在各个生命之间，你偶尔会怦然心动，突然会有所顿悟。

最喜欢蒋勋的《此生：肉身觉醒》。它是 2010 年年底蒋勋患急性心肌梗死住院康复时写的。当一个人受到病痛的折磨的时候，当肉身旁边守候的亲人传来焦虑和哭泣声，当肉身被推送出去，走廊的那边传来哀号声的时候，再沉睡的肉身意识都会觉醒，于是蒋勋开始了他长长的关于肉身和生死的思考。在这本书中，作者带着我们欣赏世界美术史上一个个精妙绝伦的肉身的雕塑，带领我们聆听一个个关于肉身的惊心动魄

的故事，启迪着我们对于肉身的哲学思考。这里的大部分肉身的雕像，毫不掩饰地展现肉身的力量、激情和欲望，展现生命中的健康、青春和美丽。没有卑微，没有鄙俗，只有如花一样绽放的美丽。让人觉得我们的美丽似乎来源于我们自身，与道德无关，与伦理无关。在这本书中，有一个关于肉身的故事最让人震撼，那就是“尸毗王割肉喂鹰”的故事，敦煌二七五窟的壁画四个舍身故事中的一个。一只鸽子在猛鹰的追逐下四处逃窜，最后藏匿于尸毗王的腋下掌中。尸毗王提出愿以自身同等重量之肉来替换鸽子。于是侍者拿来天平，一边放着鸽子，一边放上尸毗王的肉。可是尸毗王割完全身的肉，天平仍然偏向鸽子一方。尸毗王终于领悟，只有自己的全部肉身才能与鸽子等重。因为天平的两端不是肉的重量，而是生命的重量。于是，他用自己整个无力的身躯，竭尽全力向天平攀爬而去……作者说自己“初读这些故事，无法理解，却无缘由地热泪盈眶”，他又写道：“修行如此艰难吗？修行一定要以肉身的剧痛作为领悟的代价吗？”我相信读到这里，每个读者也都会跟着作者一起感动起困惑一起去思考。从表面上看，它是一木美学欣赏或美术欣赏的书，但我更愿意把它当作一本哲学书，一本传播美和思想，启迪蒙昧和愚钝的哲学书。

翻开这本《此生：肉身觉醒》，扉页上赫然醒目的是蒋勋亲笔题写的一行文字：“此生是蛹，来世要化成遍山的蝴蝶”。顿时明白蒋勋让人感动的原因了。我想凡是美丽的灵魂，终会化为缤纷的蝴蝶，栖息在跃动的文字中，飘飞在翻动的书页里，给这个世界带来缤纷斑斓的美丽。

所以，跟着蒋勋，作一次美丽的旅行吧！

生命中不可或缺的游戏精神

——电影《美丽人生》中的生命教育

说起战争，恐怕每个人都会用残酷和恐惧来形容它。战争摧残了多少完整的家庭，破坏了多少人的美丽人生，给多少人的生活蒙上挥之不去的伴随终生的阴云。可是，有一部影片，表现的同样是二战，同样是集中营和残杀，却始终洋溢着轻松愉悦，始终让人在含泪的笑声中窥见人性的强大和生活的美丽。这部电影就是曾经震撼过无数观众的《美丽人生》。

这部影片由意大利著名导演罗伯托·贝尼尼执导。该片讲述了二战期间一对犹太父子被送进了纳粹集中营，父亲利用自己的想象力骗儿子说他们正身处一个游戏当中，最后父亲保护了儿子的童心，而自己却惨遭杀害的故事。

看这部影片，最让人不可理解的是影片的片名《美丽人生》，如此残酷的集中营生活，如何能造就一个人的"美丽人生"？而我觉得，影片最有价值的地方就在这里了。影片中主人公基度一家，从战争爆发的那一刻起，噩梦就开始了。基度和年幼的儿子约书亚突然被抓去送往集中营，美丽的妻子毅然决定追随。在集中营里，基度每天要干十几个小时的重活，吃的是干硬的面包，遭受的是非人的待遇，还伴着随时被送往毒气室的恐惧……无论从哪个角度来看，这都是一个人的“悲惨人生”。可是，基度硬是把这活生生的“悲惨人生”改编成一个有乐趣有挑战有刺激的“美丽人生”。当基度和儿子被士兵粗暴地推上火车，他拍拍屁股站起来，竟兴高采烈地对儿子说，这是一次早有准备的生日旅行；当被关进集中营黑暗狭窄鸽子笼似的宿舍的时候，基度一本正经地说自己懂得德语，把德国军人残酷的集中营规矩翻译成可笑的游戏规则；当干完一整天超强度的脏活，疲惫不堪地回到宿舍时，他却强打精神告诉儿子这只不过是场游戏，只要积满1000积分就可以赢得一辆真的坦克；即使在影片的最后，他被德国兵抓住要押去枪毙时，为了不让儿子害怕，他竟像个英雄，迈着雄赳赳气昂昂的步伐，满脸堆笑地对藏在墙角铁匣子里的儿子挤眉弄眼，好像不是去赴死，而是奔赴一场美丽的约会。

影片的最后，纳粹落荒而逃。儿子从铁箱子里爬出来，脸上没有恐慌，也没有疲惫，有的只是胜利后的自豪。当一辆坦克冉冉而来，他双眼泛光，惊喜地捂住了嘴巴。此时此刻，再坚强的观众都会落泪。不是悲伤，而是庆幸，是敬佩！一个勇敢的父亲，用自己的智慧，用自己的生命编织出来的游戏，让幼小的儿子参与其中，却丝毫没有蒙受精神上的伤害，反而增加了克服困难的勇气和自信。这是多么伟大的教育上的成功啊！在黑暗的集中营中，在这人生中不算长的时间里，这位父亲对儿子进行了多么精彩的生命教育！有什么样的礼物能比这位父亲送给儿子的更为贵重更加有价值呢？

反观我们现在的家庭教育，每个父母也都像基度一样，愿意用自己的生命换取孩子的幸福和快乐。但所不同的是：他们觉得只有让孩子远离挫折，远离苦难，才能使孩子拥有美好的人生。于是乎，即将离婚的父母为了不让孩子伤心，假装夫妻生活和睦；患病住院的爸爸为了不让孩子担心影响学业，假装自己身体健康只是出去度假；生活的苦难重担父母一肩挑起，所有的美好与轻松让孩子一生享用。殊不知，生活本比想象的更加艰难，现实美好的面纱一旦被揭开就会露出狰狞。于是，一直泡在蜜罐里长大的孩子，几句批评就会寻死觅活，几个小挫折就会一蹶不振，一旦灾难来临，就是世界末日了。因为在他们的生命教育中，只有美好，没有苦难，更不知道如何去化解苦难。

而《美丽人生》中的基度，告诉了我们生命教育的真谛：挫折、苦难是生命中的常态，是上帝用来考验人的聪明、才智和意志的人生考题。只有拥有一颗勇敢乐观的心，学会用游戏的精神去化解生命中的苦难，才是人生的真正赢家！

众所周知，越好玩的游戏越有挑战性。没有强劲的对手、没有障碍和困难的游戏简直不能称之为游戏。过于容易取胜的游戏也会使人趣味索然。人生也是如此。对手、障碍、困难、挫折是人生的调味剂，只有战胜它，才能换取积分，获取胜利。所以，作为父母和教育者，是不是应该在孩子们的生命世界中，输入“挫折”“困难”“苦难”等字眼，培养孩子们一点“游戏精神”，重新制定游戏的规则，用它来化解生活中的苦难和荒诞？

不仅是面对苦难，就是我们日常生活每一天，又何尝不需要这种化平淡为神奇、化丑陋为美好的游戏精神？

看过《美丽人生》的观众一定记得这样的画面：看完歌剧，基度开着一辆破旧不堪的汽车抢先接走在雨中等车的朵拉。可是那辆破车没走几步就掉零件抛锚了。在大雨中，没有带伞，汽车破损，这本是祸不单行的糗事，可是基度的“游戏精神”又发挥作用了：他拆卸下坐垫给朵拉当伞，拿着一卷红毯子为朵拉铺路。那红毯子不停地在雨天坑坑洼洼的路面上延伸。顿时，基度和朵拉仿佛走向铺满红地毯的宫殿，他们则像公主和王子在豪华的舞池里翩翩起舞。类似这样的场景在影片中随处可见：当朵拉被逼着要订婚时，基度骑着被种族主义者涂上了绿颜色的“犹太马”翩翩走到朵拉前，像一个把公主从巫婆手中解救出来的王子，当着朵拉未婚夫的面带走了朵拉；儿子生日时，放在藏着约书亚的柜子上的鲜花会自动长脚向朵拉“走”来；与朵拉约会时，在大街上喊一声“玛利亚”钥匙就会从天而降……这些“游戏”给本是平淡无奇的生活带来一个个小惊喜和小浪漫。基度不愧是个游戏大师，再尴尬再落魄再平淡的生活，经他妙手一布局，顿时充满了欢声笑语。

其实，我们每个人都可以成为基度那样的心灵魔术师。用神奇的魔棒轻轻一点，普通的南瓜变成豪华的马车，丑陋的蜥蜴变成帅气的侍从，小小的老鼠变成了翩翩的白马。而你，就是那个美丽而善良的水晶鞋公主。这样的游戏人生，这样的童话人生，何愁不美丽？！

守护每人心中的“天堂影院”

——电影《天堂电影院》的教育启示

《天堂电影院》是意大利导演朱塞佩·托纳多雷执导的一部故事片。影片讲述的是一个男孩多多和放映师艾费多之间的感人故事。

在那个偏僻的意大利南部小镇，人们唯一的娱乐就是到天堂电影院去看电影。在电影院中，他们会为电影被剪掉接吻的镜头而大声咒骂，会为电影中某个煽情的镜头而号啕大哭，也会为某些搞笑的情节而捧腹大笑。在主人公多多眼里，这个电影院更是他所有的记忆的财富。这里住着他的童年，他的梦想，他的友情和爱情。

但是，随着时代的变迁，这座老的电影院已经不能再适应发展的需要了，于是，在某个灰暗的下午，全镇的人们不约而同地前往电影院门前肃立，没有喧哗声，没有吵闹和嬉戏声。这里的广场从来没有这样安静，人们像是完成一个隆重的仪式，庄重、含着热泪，目睹了这座承载着他们几十年岁月和情感的电影院被炸毁，他们纷纷脱下帽子，向曾经成为自己生命一部分的电影院致敬。

作为教育者，面对每个教育对象，心中都有这样的一座天堂电影院，丰富多彩，充满想象，满怀情感，留存着一个人最快乐的时光。而我们教育者所要做的，便是做一个好的放映师，让每一场电影都成为受教育者心中的艺术盛宴，激荡起他们的喜怒哀乐，启迪着他们的人生思考，给他们单调的生活增添一些优美的旋律。即使长大后离开了，每人心中仍然有着这样的一座“天堂影院”，有了它，遭受挫折不悲观，不被理解不气馁，追求梦想不放弃。在生活平淡、内心黯淡的时候，让心中的天堂电影院播放几场电影吧，也许你又重新找回生活的色彩和勇气。

影片中的放映师艾费多就是一个不可多得的优秀教育者。他没有高贵的出身和体面的工作；没有受过良好的知识教育；孤身一人，甚至没有享受过一个平凡人该有的家庭的幸福。但是，他却以自己善良的内心，温暖着周围的人；以自己的人生阅历和远见卓识，成为多多的人生导师。

他告诫多多，不要止步于当一个小小的放映师，要走出这个小镇，到外面寻求更广阔的天地。因为“每天待在这里，会把这里当成全世界”；他鼓励多多，要不断去追寻，因为“不再追寻，不再拥有”；他虽然很舍不得他这个挚爱的忘年之交离开自己，但他依然煽动多多“离开这里，去罗马！你还年轻，世界是你的！”，甚至在多多临走前，他仍然绝情地叫多多“不准回来，不准想到我们，不准回头，不准写信，想家时要熬住，忘了我们！”。因为他心中一直对多多有着美好的愿景：“我不想再听你讲，我要听别人来讲你。”

多多走出去了，多年以来一直记得艾费多的忠告，没有回来。直到艾费多去世时，他才回到自己的家乡小镇，此时的他已经功成名就。影片的结局是，多多再次坐在放映室里，看着艾费多为他剪辑的当年剪下来的各个接吻镜头，热泪盈眶。此时此刻，多多在观看的，不是影片，而是自己曾经的生活。说得更准确一些，他不是在观看，而是在怀念，在感恩。多多是幸运的，有那么多在贫穷和蒙昧中困守一生的人，而多多走出去了。正是有这样的一座电影院，正是有这样一位亦师亦友的艾费多，才成就了今日的多多。

我们的学校，应该就是这样的一所天堂电影院，给予人们温情，引发人们想象，包容人们情绪，寄托人们梦想。我们的老师，应该是像艾费多那样的，在学生困顿时教他手艺，在他迷惑时指引出路，在他犹豫时毫不留情，在他追寻时支持鼓励。什么是真正的爱？正如《触龙说赵太后》里触龙所言："父母之爱子，则为之计深远。"就像每个父母爱自己的女儿，女子出嫁后，虽然很想念她，想她能经常回来看望自己，但"祭祀必祝之，祝曰：'必勿使反。'"艾费多对多多就是这样的大爱。让自己所爱的人不固守一方领土，不执念于一己情感，怀揣梦想走遍天下。有什么人比艾费多更懂得教育的真谛。

所以，作为教育者，一定要在每个孩子心中建立一个"天堂影院"，守护好人人心中的影院，让它播放出人生最为精彩的影片。

钟爱无限

在读萌娘《秋天的钟》之前，我还不知道她是谁。等读过之后，我一面流涕，一面感叹，一面又是十分惭愧自己的无知。读她的作品，仿佛在欣赏一曲美妙感人的舞蹈：布景、音乐的配置无不充满着诗意，舞者曼妙流畅的线条无不饱含着深情。帷幕徐徐拉开，仿佛从古老而遥远的天际传来银子般的声音——那是挂在那堵淡绿色的墙上的挂钟发出的声音，清脆而温柔，舒缓而悠远。伴随着钟声的脚步，“那扇门徐徐地向我打开”。门后的天空好蓝，门后的院子好大，院子里的秋色好浓。在这诗意而略带沧桑的背景中，曾祖父出场了，“夕阳把白杨树一棵棵点亮，它们是一群红烛，照得曾祖父的褂子真蓝啊。树叶像木琴奏出来的风，萧萧而下，一地落金。曾祖父踩着瑟瑟枯叶，缓缓走进他的秋天”。此时，曾祖父已与那古老的钟声和满地落金的秋天融为一体了。但是，曾祖父的秋天并没有给人萧瑟和凄冷之感，相反，在他充满爱意的目光照耀之下，“我没有四季，只有春天”。

在充分的诗意的渲染和人物出场之后，在作者的笔下，没有一个个相对完整的事件，只有曾祖父的点点滴滴，犹如涓涓细流，缓缓地流经岁月年华，流进作者的心中，也流进读者的心里。曾祖父会“一动不动地坐在秋色里”，看着我在草地上玩耍；在我爸爸来接我时，曾祖父总给我一点小银子让我买冰棍；然后搀着曾祖母站在大门口，朝我挥手又挥手；在曾祖母去世以后，曾祖父“整日坐在炕梢上”，“眼里总有一层泪光似的，他整日在怀想吗？”在曾祖父临终时，他躺在那里，“被子描出他的身体轮廓，就像一段冬日的山谷”。而当我从异地赶到他身边，已不认人的曾祖父“似乎动了一下：是平儿？他的声音又小又弱”。就在这点点滴滴的细节中，在作者充满感情的描写之中，曾祖父的形象活了起来。

因为曾祖母、曾祖父的去世，整篇文章带上了淡淡的忧伤。在钟声中怀念，在钟声中回想，在钟声中细听曾祖父由远至近的脚步；在秋天中享受春天的温暖，在秋天中解读曾祖父临终前眼里闪过的一片秋色，在秋天里感伤曾经的拥有与失去；在夕阳中挥手告别，在夕阳中重温旧梦，在夕阳中感受爱的真谛。秋天、夕阳、钟声，这三个意象足以将这个爱的故事演绎得缠绵而感伤，美丽而深远。

犹值得一提的是这篇文章的构思。新颖独特，别出心裁，都不足以形容它的巧妙。它是一条来自内心深处的清泉，汩汩滔滔，曲径通幽；它是一曲发自人间至情的乐曲，那爱的旋律就是一代又一代不断延续着的胸口上怦怦的节奏。乍读文章，你也许会觉得奇怪：为什么写曾祖父，却取名为“秋天的钟”？为什么在文中一再提到那挂在淡绿色墙上的老钟？难道仅仅是为了渲染气氛吗？再读下去，你便会发现，那钟在很多地方与曾祖父很相似：“钟已经老了，它走路的脚步很轻，嘀嗒嘀嗒的”；而她的曾祖父也老了，老得“有些吃力地直了直腰坐在台阶上”，曾祖父走路的样子也一定是轻轻细细，老态龙钟。曾祖母去世时，“曾祖父整日坐在炕梢上”，整日在怀想；一如“老钟嘀嗒响动，复习着那些斑驳有声的往事”。“老钟从墙上望着我，发出一种轻柔的叹息：起啊，起啊，小孩子不能贪睡”，这不正是曾祖父每天早晨的轻轻呼唤吗？但是如果你仅仅是把钟当作曾祖父的影子来阅读，那你还没有真正读懂这篇文章的构思。

你大概已经注意到了文中一个非常感人的片段。那就是在我被爸爸抱着走出曾祖父的大门时，“曾祖父搀着曾祖母站在大门口，他们旁边站着夕阳点亮的大树。夕阳展开了每一根金线，一种声音悠悠而来。是谁拨响了阳光的竖琴？钟声，教堂的钟声响了。钟声软软地覆盖着我，天上下起了音乐了吗？钟声送了我好远，好远我还看见曾祖父搀着曾祖母站在那儿，他朝我挥手，又挥手，在夕阳里。”“至今我都相信那个秋天的感觉，就是那双手，那双挥了又挥的手拨响了阳光的竖琴。钟声从他们身上传来。……”读到这里，你才明白作者的匠心所在。作者巧妙地把秋天夕阳展开的每一根丝线比作阳光的竖琴，而曾祖父搀着曾祖母，在夕阳里，向我挥手又挥手，正是这慈爱的双手拨响了阳光的竖琴，那“软软地覆盖着我”的“从天上下起的音乐”，那使我“眼泪一对一双滚落下来”如阳光般给人暖意的感人乐曲，那从教堂传来的如银子般清脆的钟声，就是曾祖父与曾祖母共同演奏出的爱的乐曲啊！如今，曾祖父去了，秋天凉了，而秋天里的钟声还在，老爷爷的身影还在。在文章结尾处作者让儿子出场，那个小男孩问我：“这是什么？”“这是老钟。”“不喜欢老钟，喜欢妈妈钟。”听了儿子的话，作者写道：“这就是妈妈钟啊。我蹲下来望着儿子的眼睛，那是一眼就看得见底的清水。我听见他胸口上怦怦的节奏。那是银子么？那声音从遥远的秋天来吗？我突然想到‘钟爱’这个词，我觉得古人没有欺骗我们。”至此，作者才将全文的题旨和深意含蓄地点出：在这人间，总是充满爱的钟声，有多少生命在老钟的爱的钟声中成长。老钟不断给予下一代钟声，下一代又传给下一代，于是这人间的爱便在一片银子般悦耳的钟声中不停地延续。钟爱无限，永远的嘀嗒声示意着爱的无尽！

但文章有几处写得过于含蓄，甚至令人费解。如关于鱼眼睛的一段对话，从中可见曾祖母对曾孙女的关爱？抑或起着渲染气氛的作用？或仅仅是过渡？还有一处，是曾祖父临死之前，握着“我”的手，“用低得快听不见了的声音说：你手热……你有火”，“第二天快亮天的时候，他死了”。临终面对自己至亲之人，没有嘱咐，没有告别，没有依恋。是否作者想在此形成一个鲜明的对比？有限的生命在一声呼唤、一份关心中渐渐淡去。而无限的情，却像作者手中的火，静静地燃烧，永远地燃烧，一直照亮了她的一生。

但无论如何，这篇文章给人带来的享受就如这绵绵无尽的钟声，余音袅袅，绕梁三日不绝。

值得用生命去捍卫的尊严

——走进《朗读者》的世界

我没有办法用言语来形容看完《朗读者》后的复杂心情，纠结、感伤还是震撼？也没有办法用世俗的任何一个词语来形容影片的主人公——汉娜。善良、纯真、愚蠢、无知，抑或是平庸？但我知道这就是社会，一个充满着诱惑与黑洞的社会；这就是人性，天使与魔鬼常常交火打得遍体鳞伤却始终决不出胜负。

一开始，我以为这部小说基调是情欲，一个未完全成熟的少年与大他二十多岁的少妇之间的畸恋。但后来，我发现自己完全错了。汉娜每次洗澡，与其说是要做爱，还不如说是阅读前的沐浴更衣，这是她在阅读前一种朝圣式的仪式。虽然她不识字，但并不妨碍她时而与小说中的主人公一起落寞感伤，时而与主人公一起欢欣鼓舞。在米歇尔给她读小说的时候，她的神情是满足而幸福的，心灵是虔诚而圣洁的。也就在这虔诚与圣洁中，小说的基调慢慢变得严肃庄重起来。后来，汉娜不辞而别。再次与米歇尔相见时，已经时隔多年。在法庭上，米歇尔作为一个法学院的大学生在旁听一个审判，赫然发现：被告就是汉娜。此时的汉娜，是作为一个纳粹帮凶，受到法律的审判。因为在她看守的教堂着火时她竭力遵守上级的命令没有打开教堂之门，致使里面的犹太人被活活烧死。很难想象，一个善良的姑娘，居然不顾那么多的生命，而麻木地去遵循所谓的规则，忠实地履行自己所谓的职责。汉娜的一句话让法官无语相对：“如果是你，你会怎么做？”这句话无疑也给所有审判者包括坐在读者席上的观众们当头一棒。

但是，这无法弥补汉娜犯下的不可饶恕的罪行，也没有办法为汉娜面对手下这么多鲜活的生命表现出来的淡漠辩护。

尽管如此，我还是被汉娜身上所表现出来的尊严和气节震撼了，那是一个文盲对知识文化的崇拜和捍卫。为了维护自己不识字的秘密，她宁可放弃升职调动的机会，而报名去充当纳粹集中营的看守；宁可放弃可以减轻罪行的机会，承认所有的一切都是她一人所为，也不愿意在白纸上写字而泄露她愿意用生命去捍卫的秘密。

连一个受过高等教育的文化人，也很难做到视文字、文化与知识胜过自己的生命。但是，这个平庸的妇人做到了。而且做得毫不犹豫，做得死心塌地，做得死不改悔！

我们都称自己为知识分子，但是，我们又带着几分敬畏之心来对待我们所拥有的东西。相反，又有多少人视知识为迂腐，视文化为无用？学习是为了养家糊口，知识是为了装点门面，文化更是子虚乌有。语言和文字，说到底，在那么多人眼中，都只不过是一种谋生的工具、生活的工具。但是，汉娜不同。我不知道她出生在怎样一个家庭，也许是孤儿，也许是穷困到没有办法上学识字念书，她对知识的渴望压抑了数十年，终于被一个读中学的少年激发出来，而且一发而不可收。不论在做爱前，还是在郊游时，她一遍又一遍地倾听米歇尔的朗读；在做看守时，她每天挑选囚犯中干不动重活的女子为她朗读。她追求知识的激情，几十年不变，甚至身陷囹圄仍不消减。在狱中，她如饥似渴一遍又一遍地倾听米歇尔为她录制的朗读磁带，去监狱图书馆借了书一遍遍对照，自己学会阅读，学会写字。当她用歪歪扭扭的字体第一次给米歇尔写信的时候，她觉得自己重获了新生。

我不知道为什么最后她要在即将出狱的时候选择自杀。是她觉得自己出狱后不能适应社会的变化？是她发现眼前的米歇尔已经不是过去的可以依靠的米歇尔了？我觉得这都不是原因。我宁愿相信，她是在阅读中认识了自我，反思了自我，更重要的是，她认识到了人性中最为重要的东西，那就是爱，爱自己，爱他人，爱这个世界以及这个世界中的每一个生命。最终她无法面对自己的灵魂而选择自杀。

在汉娜自杀的时候，我们看不到她面对死亡的恐惧，看不到沉重和阴影，看不到血腥和残酷。相反，读者感受到的是庄重和祥和。仿佛是朗读作品中的一个情节片段，在我们耳畔回响，精彩绝伦，千古绝唱。就在这庄重的朗读声中，我们的心灵被感动，灵魂被洗涤。

卡夫卡曾经说过："我们应该去读那些能刺中和伤害我们的书，如果所读的书无法带来当头一棒的惊醒，我们读它干什么呢？一本书必须是一把能劈开内心坚冰的斧头。"

那么，这个为了自己的尊严而死守不识字这个秘密，最后识字了却选择了为救赎而有尊严地死去的女子，无疑能给我们带来当头一棒的惊醒。

爱，是通向幸福的彩虹桥

很久以来没有被一部电影这么感动过了，今天由成岛出导演的日本电影《不可思议的海岸物语》切切实实给了我幸福的感动。影片没有大起大落的动人情节，却处处是感人至深的细节。包括电影所竭力营造的那种遗世独立的纯净环境，缓缓流动的故事节奏，人数不多的淳朴面孔，将整个故事烘托得既虚幻又真实，既感伤又温情。

女主人公小悦生活并不富裕，但她举手投足都透露出富贵和优雅。她在海岸边开了一家咖啡屋。喝过小悦咖啡的人，会一直对它念念不忘。我想，人们留恋的不是咖啡的味道，而是醇醇的浓浓的带着清香的爱的味道。小悦在泡咖啡的时候总是喜欢用上一种魔法：就是用手在咖啡上空作抚摸动作，然后念念有词："变好喝哦，变好喝哦。"于是她泡出来的咖啡就变好喝了。我想这是小悦的爱的魔法。她的爱心通过这些小小的魔法传达给这个世界的小小角落，也悄悄改变着这个小小的角落。一向爱惹麻烦的浩司在阿姨小悦的宽容理解下甘心住在小悦家旁边的破房子里，守护着小悦；一个为生活所迫的小偷在小悦家行窃时被发现，小悦称呼他为"小偷先生"，并给他面包和咖啡，被温情所感动的小偷从此振作起来，自食其力；母亲去世，心情孤独凄苦的希美和父亲一起追寻彩虹来到咖啡屋，小悦把小姑娘抱在怀里，用她的小魔法使一颗孤独的心倍受温暖。三十年来一直守护着小悦的谷先生因工作调动要去大阪。镜头一边是小悦在海边打着大幅标语“谷大哥，谢谢你三十年对我的照顾”，不停地向远处谷先生乘坐的轮船挥手、鞠躬，一边是谷先生戴着望远镜看着自己暗恋了几十年的女人不停地向自己挥手道别，不禁潸然泪下。此时此刻，观众的心早已被这些温情的画面融化，内心变得非常柔软。这也许就是这部电影的魅力所在。

在这个纯净的像童话般的海边世界，没有尔虞我诈，没有歧视和不平等，但依然有孤独，有生离死别，有天灾和背叛。但是，唯有爱可以拯救一切。不是吗？小绿不惜与父亲反目，为追求爱不顾一切，却遭背叛，当她回乡舔舐自己伤疤时，偶然间发现自己当年的“要让父母幸福”的梦想，从此陪伴父亲度过最后的时刻。当她在父亲去世后看到父亲为她而买的保险的时候，她感受到了不善言辞的父亲所有的爱的力量。小悦面对着好友的生离死别，精神恍惚，咖啡屋着火被烧成灰烬，村里老老小小排队送钱送物帮助小悦渡过难关，重新建起了新的咖啡屋。在这个长长的队伍中，就站着那位“小偷先生”，他拿着自己靠手艺赚来的钱递给小悦，小悦没有收下，但她已经收到了最好的礼物。这是爱的礼物，也是爱的反哺。浩司亲人去世，成为孤儿，得到照男疼爱，结果照男不幸在海难中丧生。于是，每天晚上，都会看到照男出事的海岸有一盏灯在摇晃，几十年如一日。那是浩司为照男点的生命之灯，感恩之灯。

影片内容全部是由日常琐事构成，平静如水。没有要死要活的感情纠缠，只有温润如玉的真情相守；没有波澜壮阔的命运起伏，唯有智慧淳朴的人生启迪。其实，一个人的一生像极了酿造咖啡的过程。舀一壶清晨的纯净水，细细筛掉粗粝的杂质，用 100 度的开水，让咖啡在你的杯子上跳跃。记得，这时要用上你的爱心魔法，让你的真心、爱心和用心，使你这杯生活的咖啡更加美味，更加醇厚。

是的，一切源于爱。就像一直挂在小悦的咖啡屋里的那幅画所隐喻着的：蔚蓝浩瀚的大海上，有一轮炫目的彩虹，一直通向天边。如果说人生是浩瀚无际的大海，有激情，有浪涛，有礁石，而爱就是那座通向幸福的五彩之桥。风风雨雨有尽时，唯有爱之彩虹，永恒夺目，它是爱的阶梯，通向美丽和幸福。

春天就是个浩大的小百花剧场。各个名角在绽放中登场，在陨落中谢幕。

演好人生中最重要的角色

人生中最为艰难的选择，莫过于《摩纳哥王妃》中格蕾丝的选择：一边是自己挚爱的电影事业，一边是身为王妃的重大责任。曾经以为，一个人，只有做自己想做的事，成为自己真正想成为的那个人，才是真正幸福的有意义的人生。格蕾丝身为一个著名演员，她有天分和才能，只有投身于电影中才能实现自己的真正价值。她模仿电影中人物的一颦一笑，揣摩角色的内心世界，将它淋漓尽致地表现出来，从中得到最大的快乐和满足。虽然她功成名就并成功地当上了童话故事中的主角——嫁给白马王子，成为众人瞩目的摩纳哥王妃，但是，婚后的生活并不像想象的那样美好，奢华背后是无尽的落寞，高贵之下是失去自由的繁文缛节。所以，当希区柯克拿着《艳贼》来找格蕾丝，想让她主演这部影片时，这对她是多么难以抗拒的诱惑啊。但是，她是王妃，是两个孩子的母亲，是一个虽然称不上强大却依然独立的摩纳哥国全体子民景仰的高高在上的国母。她没有自己的选择。当她经过内心的反复挣扎，终于决定答应希区柯克的请求的时候，我看到了一个为自己梦想不顾一切的女子的英勇。但是，当时的摩纳哥危机四伏，她要主演《艳贼》的消息更是让摩纳哥雪上加霜。

格蕾丝该何去何从？是遵从自己内心的声音，还是服从责任的禁锢？神父的一番话让格蕾丝茅塞顿开：“格蕾丝·凯利，电影明星，你创造了她，赋予她走路的姿态，让她说话的口音更加完美。但现在的你只是个家庭主妇，跟两个淘气的孩子一起翻看结婚时的照片。你不是为这个来的。你来到这儿是为了未来扮演生命中最伟大的角色——尊敬的摩纳哥王妃格蕾丝殿下、瓦伦丁公爵夫人以及随之而来的137个这样的头衔。”

在一个人的一生中，有很多角色。格蕾丝也是，在母亲、妻子、演员、王妃这些角色中，她最驾轻就熟，也许也是最为出色的是演员，但要论最伟大的角色，必然非摩纳哥王妃莫属。因为，这个角色，意味着巨大的牺牲，不顾一切的付出。它也许不关乎你个人的幸福和快乐，但它关系到整个国家、民族的命运，关系到整个国家的子民是否快乐幸福。因此，这个角色不仅重要，而且伟大。

历史上，有很多辞官回乡、隐居山林的文人，有爱美人不爱江山的英雄，有沉迷于诗词歌赋不理朝政的君王。这些选择，对他们个人而言，并无过错，他们只是遵从了内心的声音，活出了他们想要成为的样子。但是，谁能说这样的选择不带着自私的因子？这样的选择可以理解却谈不上伟大。

而格蕾丝，她放弃了自己最为擅长的表演，努力去学习自己最不擅长的礼仪，去关心自己一向都没有兴趣的政治。她甚至抛开自我，去做王妃所应该做的一切，并努力把它做到最好。她演好了人生中最重要的角色，并以此获得国家的安定和国人的尊敬。

然而，并不是所有伟大的角色就是最重要的角色。我们都是普通人，也许这辈子再怎么努力都成不了王子和王妃。但是，我们每个人都有着自己也许微小却很伟大的角色。一位著名餐厅的主厨突然辞职跟随女儿到外地陪读，每天给女儿烧饭做菜，此时，他最重要的角色是父亲。曾经获得三枚冠军戒指的乔丹在众人的一片唏嘘中退役，开始了他的棒球职业生涯，就为了实现不久前去世的父亲的心愿。此时，他最重要的角色是儿子。知名媒体人陈杰辞去《新京报》主编来到一线做摄影记者，顶着巨大的压力直击报道的禁区，坚守“不服从是人类与生俱来的美德”的职业信仰。在他的一生中，最重要的角色是记者。

你人生中最重要的角色又是什么？你扮演好它了吗？每个人都要问问自己这两个问题，并努力做好定位和选择，而不要让自己游离在各个角色之间，而每个角色都是三流演员。如果你没有主演过自己人生影片中的重要角色，那何来精彩人生？

有时候，艺术甚至人生中的败笔可以成全另一种美丽。

问君能有几多愁

“春花秋月何时了，往事知多少！小楼昨夜又东风，故国不堪回首月明中。雕栏玉砌应犹在，只是朱颜改。问君能有几多愁？恰似一江春水向东流！”

读李煜的词，仿佛眼前站着一位曾经风流倜傥如今却满鬓清霜的诗人，如一尊塑像。头上是一轮皎洁的月亮，故国在月光中变得淡远，变得不可触目。眼前，一江东去的春水，滚滚而去的不只是青春年华，还有昔日的凤阁龙楼、玉树琼枝、轻歌曼舞，和一个永远不醒的故国之梦。

李煜是个天才艺术家。他喜欢音律、绘画、书法、诗词，而且在这些方面都有很高的造诣。他的书法“遒劲如寒松霜竹”，他的绘画“远过常流，高出意外”，他的词“清而不浮，艳而不淫”。但他从来就不是个出色的政治家，也无意于参与政事，他怡然自得于他的隐居生活：“山含初成病乍轻，杖藜巾褐称闲情。炉开小火深回暖，沟引新流几曲声”(《病起题山含壁》)。然而历史就是这么怪异，有时候连想不当皇帝都不行。太子弘翼和几位兄长的早逝迅速地将他推上了看似九五之尊实已风雨飘摇的皇帝宝座。历史悲剧就这样开始了。

长期以来，皇帝代表着几多的权势和威严，代表着无数的奢华和欢娱。它是一个让多少人梦想让多少人垂涎又让多少人为之奋斗为之牺牲的宝座啊。再加上李煜的艳词，自然而然地把李煜联想成一个奢华无度的风流帝王。谁又能真正了解从他即位到亡国到生命结束，委曲求全、苟且偷安的日子里，有多少失意、无奈、隐忧和哀伤。他不会耍权术，不善笼络人心，可能一谈起政治问题就昏昏然。然而他又必须是个皇帝，必须管理这个国家，必须对付千千万万复杂的政治问题、社会关系。而他只会凭性情而为，他的所有政绩只有在《十国春秋·后主本纪》上给记上一笔：他在位时“多仁政”“薄税敛”，且当他的死讯传至江南时父老有巷哭者，可见他虽“疏于治国”，却绝不是个荒淫无度、欺压百姓的暴君。如果他的艺术才华能帮得上他治国，那他一定是个幸福的国君。然而，他只有借他的艺术才华，借他短暂的欢娱纵乐，以掩盖自己政治生活的空虚。

他的艺术才能帮不了他治国，可是，他的当皇帝而又亡国的经历却着着实实地帮助了他词风的改变，把他推上了一个真正的艺术宝座——成为一代词帝。在这个王国中，他是得心应手，当之无愧的。

他给后人留下了他的梦他的恨他的无奈他的无数苍凉凄婉的绝妙好词。

他给后人留下了他的真他的善他的才艺他的天真执着的痴情。

还有滚滚而来抹不掉躲不开挡不住的一腔热泪、满怀愁绪。

“别来春半，触目柔肠断。”（《清平乐》）

“剪不断，理还乱，是离愁。”（《相见欢》）

“胭脂泪，留人醉，几时重？自是人生长恨，水长东！”（《相见欢》）

“人生愁恨何能免，销魂独我情何限！故国梦重归，觉来双泪垂。”

(《子夜歌》)

“春光镇在人空老，新愁往恨何穷。”(《谢新恩》)

当他无边的悲哀和伤痛“恰似一江春水向东流”喷涌而出时，谁又能对他铺天盖地而来的愁绪无动于衷呢？

一封写给谁的信

每次读《报任安书》，都觉得有很多问题萦绕着我：这篇文章读来荡气回肠，可又说不清到底是什么打动了我们；这是一篇司马迁写给朋友的回信，但读来根本不像是一封回信，而且司马迁与任安也不是生死之交，为什么要选择给他写这封信？况且，司马迁在收到任安的信很久都没有回信，为什么偏偏选择任安下狱即将被处死的时候写这封回信？

思来想去，我觉得这不是单纯的一封写给朋友的回信。

写给自己的劝慰书

一个政府官员，一个有着高度使命感和文化尊严的文人，一个正值壮年的男子，有什么能比司马迁遭受宫刑所带来的肉体精神上的双重折磨更为痛苦的呢？我们虽能想象《报任安书》里说的“肠一日而九回，居则忽忽若有所亡，出则不知其所往。每念斯耻，汗未尝不发背沾衣也”那愁肠百结的痛苦模样，但处于顺境中的人们实在无法真正体会司马迁遭受凌辱之后那种生不如死，死又不甘的复杂心境。如此汹涌的痛不欲生撕心裂肺愤懑不平如滔滔洪水，总要找一个决堤之口的。而《报任安书》给他提供了发泄不平借以抚慰自己内心伤口的契机。信中反复提到古代遭受屈辱的圣贤之人，如西伯、李斯、淮阴王、彭越、张敖、魏其，他们“身至王侯将相，声闻邻国”却“罪至罔加”，但他们也苟活下来；又列举文王、仲尼、屈原、孙子等“倜傥非常之人”，虽遭受凌辱却能留下传世之作的例子，不异于给自己打了一剂强心剂。自己的不幸放在许多人的不幸之中，痛苦便会减少很多。尤其是当你得出一个成功的普遍性规律：“《说难》《孤愤》《诗三百》，大抵圣贤之发愤所为作也”，并把自己纳入这个规律之中，仿佛自己曾经的付出和屈辱只是为了“天之降大任于斯人”做前期的准备，这样想的司马迁是不是内心宽慰了很多？所以，与其说这是一封写给朋友任安的回信，倒不如说，回信只是一个借口，其目的是发泄内心的抑郁之气，并借机给自己鼓鼓气，壮壮胆，宽宽心，给自己找一个可以勉强活下去的理由。

写给未来的判决书

记得食指在诗歌《相信未来》中有这么几句诗句：“我之所以坚定地相信未来，是我相信未来人们的眼睛——她有拨开历史风尘的睫毛，她有看透岁月篇章的瞳孔。”这也许是所有遭受不公平待遇而又坚强地活着的人们心中必须有的信念。残酷的现实抛弃了我，没有关系，时间终将证明一切。未来是最为公正的法官，他会拨开历史的风尘，对怀着正义而受到迫害的人们作出公正的判决。司马迁在《报任安书》中反复强调自己之所以隐忍苟活的原因：不想“鄙陋没世”，想要使“文采表于后世”“垂空文以自见”。他相信自己的著作有着“究天人之际，通古今之变，成一家之言”的重大价值，一旦写成，“藏之名山，传之其人”，就可以“偿前辱之责”，万死不悔。最后一句“要之死日，然后是非乃定”，更是铿然有力，掷地有声，替未来拟好了判决书：司马迁，本着一个知识分子的良心替人说了公道话，成为政治和权势的牺牲品。但他忍辱负重，以自己的苦难和坚忍，为“或重于泰山”作了很好的注解，完成“史家之绝唱”，其人格光耀千秋。

写给汉武帝的挑战书

稍有常识的人便会想到，司马迁的这封信，要抵达一个即将被行刑处斩的囚犯任安那里，无论如何都绕不过汉武帝。这一点司马迁也应该考虑到。但是，此时的司马迁即将完成《史记》，《史记》一旦诞生，残缺的生命也就变得微不足道了。心中长久以来郁积的幽怨之气，不发泄出来，死不瞑目。后人评价《史记》说：“慷慨啸歌，大有燕赵烈士之风；忧愁幽思，又直与《离骚》对垒”，在《报任安书》中，你随处可以读出这样的幽怨之气。如“仆之先人非有剖符丹书之功……固主上所戏弄，倡优所畜”中，有知识分子得不到重用和尊重的怨气；在“最下腐刑矣”和“传曰：刑不上大夫”中，有对汉武帝竟然用如此下劣卑鄙的手段对付一个无辜、手无寸铁的大夫文人的行为的愤怒。而在这封信中，司马迁反复强调生死的意义，提出“人固有一死，或重于泰山，或轻于鸿毛”，指出“古者富贵而名摩灭，不可胜记，唯倜傥非常之人称焉”，最后以一句坚定的“要之死日，然后是非乃定”作结，无不是在向汉武帝发出挑战书：你汉武帝不要看自己现在权倾一时，辉煌一世，可以凭自己的喜好和意志行事，但是时间是真理的儿子而不是权威的儿子，你的权势和生命终将烟消云散。而我，一个被你凌辱、受尽世人轻侮的罪人，却可以凭自己的传世之作获得永生。所以，实际上，司马迁是在与汉武帝比谁活得更长，比谁的生命更有意义，比谁的死更能“重于泰山”。《史记》一书后来经司马迁外孙杨恽之手开始传布，而杨恽又被宣帝处以腰斩，是否因为《史记》的缘故各说不一。但是，有一点是毋庸置疑的：权势可以摧毁一个人的肉体，但是不能摧毁一个人的精神；权势可以阻止一个人的生存，但永远不能阻止思想的万古流传！

写给祖先、全天下人民的告白书

古代社会是从来没有人把受过宫刑的人当人看的，所以司马迁把这件事看作是自己和家族的奇耻大辱，“故祸莫憯于欲利，悲莫痛于伤心，行莫丑于辱先，而诟莫大于宫刑”，“仆以口语遭遇此祸，重为乡党所笑，以污辱先人，亦何面目复上父母之丘墓乎？”古代有着一定家庭背景的人，常常背负着振兴家族的重任。他们以光宗耀祖为使命，以让祖先受辱为最大的罪恶。不幸司马迁正承受着这样巨大的罪恶感。但他相信自己内心坦荡，为李陵辩护也是出于正义。但在当时情境下，他没有办法证明自己的受辱是因为皇帝的私心和诬陷。他只能用自己的文字，披肝沥胆，向祖先、天地、全天下人民告白：我司马迁是无罪的！之所以自沉溺缧绁之辱而不死节，并不是贪生怕死，而只是以自己的方式实践生命的意义。司马迁在《太史公自序》中记述了其父司马谈对他说的一段话：“且夫孝，始于事亲，中于事君，终于立身。扬名于后世，以显父母，此孝之大者。”既然自己不能活着立身扬名光宗耀祖，那只能“扬名于后世”，成就“孝之大者”。

留给时人、后世的绝笔书

司马迁到底是怎么死的，历史上没有记载。于是人们纷纷猜测，有人说他是自杀的，《史记》完成以后，司马迁觉得自己已经完成了人生的重大使命，此刻肉体的生命已经不重要了，于是引颈自杀；也有人认为《报任安书》落入汉武帝之手，看到里面有那么多幽怨之词，心生不满，找了一个借口把司马迁杀害也不是不可能。也有研究者认为司马迁是被集体处死的，据《汉书·宣帝纪》记载，当《报任安书》被汉武帝知道之后，汉武帝看到信中有很多怨言，于是便下诏把司马迁逮捕了，并且叫御史台论罪。就在论罪期间，汉武帝病重，有巫师给他算风水，说长安监狱当中有天子气冲撞了圣上，究竟是谁呢？不知道，于是汉武帝下令把狱中所有的囚犯，无论轻重一律处死。于是司马迁就这样被杀了。司马迁死于什么原因，《报任安书》之后的司马迁去了哪里，死于何时，没有任何记载，可谓“不知所踪”，所以说是绝笔书未尝不可。而且从《报任安书》的内容、语气来看，也确实可以找到司马迁的暗示和“绝笔”痕迹，同时根据时间来推算，《报任安书》的确像是一封遗书或者是关于《史记》的最终自述或结语。

司马迁是伟大的，一个人背负着一种生命所不能承受的重量，以他逾越时代和滤去尘埃的眼睛，坚定地透过世俗这一张薄薄的玻璃纸，看到了他所能承担和将要承担的这一切有着何种意义。他留给后人的是整整一段历史的沉淀，是一本《史记》所被赋予的历史的、生命的重量。

从你的眼眸深处，我看到了失落已久的澄澈梦境，它有着天空的颜色，海洋的辽域，成群的鸥鹭翻飞其中，那是我灵魂张开的翼翅。

行走中的风景

一边在为小镇绝美的风光而惊叹，一边感觉脚泡在雪水中传来的一阵阵刺骨的寒冷。这似乎是老天爷特地为我们举行的一种仪式：美不能唾手可得，它需要淬炼。让我们双脚在炼狱，双眼在天堂。

双脚在炼狱，双眼在天堂

哈尔斯塔特是奥地利依山傍水的一座小镇，有着绝美的风景，被称为是欧洲最美小镇。我曾在一本画册上见过春秋之际的哈尔斯塔特：云雾傍山，碧水绕城，临水而建的欧式小屋，色彩斑斓，庭院里花团锦簇，或碧绿，或金黄，或火红，蘸水而开，极其绚烂。此后，我的目光就再也没有离开过她。我从各种杂志图片中查找、领略了哈尔斯塔特一年四季的不同景象，也不止一次想象过与它见面的方式：或与爱人携手悠然漫步，走遍小镇的每一个角落；或与一大群朋友蜂拥而至，在这里举行盛大的狂欢；或租一艘小船，在哈尔斯塔特湖心随波逐流，任意东西，一边荡舟，一边赏景。却没有想到，今天，会以这样独特的方式，与哈尔斯塔特相遇。

我们住在哈尔斯塔特小镇的对岸。本以为十几分钟就可以到达渡口，因为天气原因我们走了 40 多分钟。那天下着很大的雨夹雪，我穿着一双江南冬季穿的短靴，走在厚厚的又有些融化的积雪上，没几分钟就浸透。每走一步，都感觉刺骨的寒气从脚底慢慢散发出来，传遍全身。到达哈尔斯塔特的时候，我身上裹着老公的衣服，一双脚还浸在雪水中，整个人都在瑟瑟发抖，仿佛沿街乞讨、饥寒交迫的乞丐。

但是，当我的目光遇到哈尔斯塔特的时候，我还是屏住了呼吸，仿佛置身于梦幻。

雪后雨中雾凇沆砀、云气氤氲中的小镇，已经褪尽繁华，归于绚烂后的朦胧和淡雅。它不再是画册中带有欧洲风味的水彩油画，而更像是水墨山水的写意泼墨。有些画面，仿佛在罗牧的《墨笔山水图》中见过，在傅山的《云根黛色图》中见过，在黄公望的《富春山居图》中见过。但是，再好的丹青妙手，也只能绘其形，而不能绘出哈尔斯塔特独有的生命和气质。

整个小镇的房子要么依山而建，要么蘸水而居，高高低低，错落有致，在这雪天里，房墙褪去了几分绚丽色彩变得更淡雅了，教堂减少了几分庄严肃穆变得更柔和了，青木的山色增加了薄薄的雪雾变得更神秘了，多彩的房舍头顶皑皑白雪变得更圣洁了。整个小城在湖水里映出自己清丽的影子：水上的世界和水下的世界浑然一体，成为一个梦幻的童话。

于是，一边在为小镇绝美的风光而惊叹，一边感觉脚泡在雪水中传来的一阵阵刺骨的寒冷。这似乎是老天爷特地为我们举行的一种仪式：美不能唾手可得，它需要淬炼。让我们双脚在炼狱，双眼在天堂。

短短的一天就在这美和冷双重的煎熬中度过。回到客栈，已是黄昏。

第二天早上醒来比较早，想到离归程的火车还有三个小时，就到住所附近随便转转。真心感谢这随便一转，才使我没有错过这一幕大自然的奇观。走出客栈绕过一条小路，在与远处的美景四目相对的时候，有一刹那我张大嘴巴，脑里一片空白。在我将近五十年的岁月中，从来没有收藏过这样的美景，也没有为这样纯自然超震撼的美景预期过想象过。

我从来没见过一座山可以呈现这么急剧起伏的姿态，这么丰富的层次和色彩；我也从来没有见过哪一片水域可以澄澈到如此晶莹和透彻，不仅可以照出每一处细节和颜色，仿佛也可以穿透到每一个观赏者的灵魂深处。我也从来没有见到过哪一片天空，是如此浩大湛蓝纯净。此时，我已经不知道是碧水凝结成天空，还是天空融化成碧水。

远山一抹黛色，几缕轻烟，近处湖光掠影，云影徘徊。湖中几只天鹅，潜首戏水，引颈轻歌。整个世界像蒙上一层轻雾，吹弹可破。而我们这些俗颜翠色，只能远远站着，静静观望、收藏，在今后的岁月中，慢慢享用。

梦想中的村庄

一直梦想有这么一个村庄：可以没有滔滔的江水，但不能没有潺潺的小河；可以没有碧波万顷的庄稼，但不能没有杨柳拂堤的石桥；可以没有琳琅满目的商店餐馆，但不能没有几只在路边晒太阳的猫和狗。夜晚，可以没有绚丽的霓虹，但不能没有一两点透着暖意的灯火；周围可以万籁无声，但不能没有家人的欢笑耳语。在这样的村落，有那么一处房子，它可以没有高耸的楼房，但不能没有一个小小的庭院，院子里种满紫藤、月季或绿萝；可以没有雕梁画栋，但不可以没有落地窗和竹帘，透过竹帘，隐约可以看到围坐在灯光下一张张温暖的脸；可以没有石砌的高墙，但不能没有爬满常春藤的竹篱笆，上面偶尔还开上几朵小花。

我有一个梦想，在一个小小的村落，拥有这样一所房子，不需要面朝大海，但必须春暖花开。

到了荷兰的羊角村，我发现一直梦想着的村落，就在这里。

羊角村素有“绿色威尼斯”的称号。小小的村落，水系四通八达。一棵树，一座桥，一座用芦苇铺顶的小别墅，在其他地方也许只是一个普通的景物，但在这湖水荡漾的小河旁，都成了袅袅波光的一部分。它们一半在岸上亭亭，另一半在水中依依；一半矗立着与白云碧空辉映，另一半招摇着与水草水鸭嬉戏。每一座桥，似乎都可以上与天通，下连龙宫。

一路上都在赞叹大自然的神奇，羡慕羊角村村民的幸运。我似乎可以想象到羊角村村民们的日常：一套小小的别墅，拥有属于自己的小小院落，养些小花，种点粮食蔬菜。花可怡情，菜可果腹，物质精神两不误。我想：要有怎样的福祉，才能出生在这样一个既清幽又美丽的地方？打开庭院，就可以听到溪水叮咚；出门水陆两通，紧急时小车急驶，悠闲时小船悠悠。

想当然地以为羊角村是一群艺术家精心设计打造的旅游胜地。

所以，当我看到这个羊角村的介绍时，顿时惊呆了。

你相信吗？羊角村的原始居民是一群开煤矿的工人。原先这里土壤贫瘠，植物不易生长，唯一的资源是地底下的泥煤。居民为了挖掘出更多的泥煤块而不断开凿土地，形成一道道狭窄的沟渠。后来，又为了能更好地运送物资，将沟渠拓宽，这才有了今日运河湖泊交织的美景。

原来，这里的沟渠不是大自然或艺术家的创造，而是一群迫于生计的贫苦百姓日复一日在黑暗中艰难挖掘出来的；原来这里的河流也不是

为了让当地的居民或游客饭后闲暇荡舟湖心来一场浪漫的约会的，而是为了把那乌黑笨重的煤块早日运出去换钱维持生计的；原来每幢别墅房顶的芦苇不是为了营造艺术氛围故

意装点出来的，而是穷苦人家买不起砖瓦，无奈之下只能拿当地最廉价的生长物来充当替代品的。

原来，最美的风景也可以是基于最物质的基础之上，当年那群为了生计而开沟拓渠的工人，一不小心成了创造风景的艺术家。当时他们可曾想到，他们挖掘的是黑不溜秋的煤矿，开创的却是金光闪闪的造福千秋万代的伟大事业？

人文飘香泽后世

不知道腾蛟作为地名，是否源于王勃《滕王阁序》中的“腾蛟起凤，孟学士之词宗”，但走进腾蛟，就感受到“物华天宝，龙光射牛斗之墟；人杰地灵，徐孺下陈蕃之榻”的人文氛围是真的。这里的自然风景并不十分秀丽，却透露出清新；这里的古居不算繁华，却显朴拙；这里的古迹不是很多，但每一处都鲜明地镌刻着历史的足痕，每一处都留下了祖先们心灵的轨迹。

我们先是来到苏步青故居。这是一排朴实的乡间随处可见的古屋，在烈日之下，仍不失宁静与清凉。走进门，两旁略带发黄的照片仿佛使你走进了一段历史，走进了一个人物的内心。在这里，我们看到了一位穷乡僻壤的农家孩子求学奋斗的艰辛历程，看到了一个才华横溢的奇才力拒高薪外聘所表现出来的铮铮铁骨，看到了这位数学泰斗对家乡事业的殷殷期望，看到了他在赫赫声名面前所保持的平静和圣洁。从陈列框中得悉，几乎是家乡的一点点变化，都情系着这位长者。从兴办学校到创办企业，从家乡学子的获奖到农村的改革，都留有苏步青先生的亲笔题名和贺词。

曾有幸见过苏老先生一面，那是在1987年9月，一个金风送爽的秋日，八十多岁的苏老先生精神矍铄，步履矫健地走进他曾经就读过的母校——平阳县小，满目慈祥，脸上带着少年般的微笑，仿佛又回到了孩童求学时代。他说恩师难忘，母校难忘。他希望县小能培养出更多更好的人才。言词之恳切，令人动容。滴水之恩，当涌泉相报，在苏老先生身上得到最充分的体现。“岷老怜余如幼子，叔师训我作畸人。”这是苏老先生在温州一中八十校庆时写下的诗句，诗中充满对当年教育过他的洪岷初、陈叔平老师的感恩。

在苏步青故居前，有一棵神奇的树，当地村民称它“榕抱枇杷”。只见一棵榕树和一棵枇杷树紧紧拥抱，合而为一。唯从“枝枝相覆盖，叶叶相交通”的枝叶，可辨彼此。惊叹之余，突然产生莫名的感动。我不知道这棵树扎根在这里是一种巧合，还是有着某种神秘的吻合和象征？但我真的很感谢大自然冥冥之中所作的安排，它表达了我们都想表达、想赞美的一种伟大的力量。

走过苏步青兄弟——我国著名的化学家苏步皋捐资建造的腾带桥，我们来到了“林氏义井”。这是用花岗岩条形石板合榫而成的方形小井，不很深，却很清澈。据载，这是宋朝著名爱国诗人林景熙率族人所凿。每逢干旱，四邻村落水井枯竭，唯有这口井水流充沛，永不干涸。起先四邻村人过来打水，林氏家族不让外人饮用，林景熙遂在井口刻上“林氏义井”，告诫族人以义为重，不得独享。曾折服于林景熙先生目睹“国事寖非”而坚决弃官不仕的忠诚，曾感叹于林先生化装成乞丐，肩荷竹篓，用猪畜之骨换取帝后之骸的侠义；也曾在夜深人静之时，拜读林先生的爱国诗篇，为他“床头孤剑空有声，坐看中原入人手”而悲，为他“流水年华孤月在，黄花心事与谁同”而叹。想不到现在，在林氏义井旁，我却真真切切、实实在在地感受体验到了一位爱国诗人用自己的肝胆侠义、博爱善心谱写出的爱国爱乡爱民之诗篇。虽然没有华丽的辞章，没有跌宕的情节，却丰厚真实，生动感人。我想，在这里饮水的人们都会时时感受到一位族人前辈怦怦跳动着的脉搏，承受到一位爱国诗人心灵的甘露，用它，可以洗涤每个人内心深处未曾擦拭的千年尘埃。

也许，这里是苏步青、林景熙的故乡，这里的人们便有了一种神圣的使命感；也许，腾蛟人民流淌着的是与他们祖先一样的血液，所以，这里的人们以勤学奋斗为荣，以造福家乡为己愿。即使在“商场如战场”的商界，他们首先考虑的也不仅仅是赚取利润，而是经济效益和社会效益并举。据昌鹏鞋业公司负责人介绍，他们生产皮革制品，但绝不以牺牲环境为代价，为此，他们公司不惜拿出巨资从国外引进最先进的排污技术，以保证环境不受污染。

是什么使得腾蛟的山泉不涸，溪水常清？是什么使腾蛟“腾蛟起凤”、驰步上康庄？从这里，我找到了答案。

告别了昌鹏公司，告别了腾蛟，我们回首看了看在暮色中略带苍凉的茶商古宅，刚刚我们还惊叹于它的精致和豪华：那一排排装饰得精美绝伦的古木建筑，那一根根雕刻得无与伦比的雕梁画栋，那一颗颗镶嵌在花鸟虫鱼雕饰之中的玉石，都曾使我们心驰神往。如今，它变得黯淡了不少。它用它开始风化腐朽的木柱告诉人们：个人的权势、曾经的富贵，不过是过眼云烟，终有一天会坍圮成一片废墟。唯有一种文化、一种精神，随光阴流转，不但不会消逝，反而愈加鲜明深刻，它如溪，缓缓地流经岁月的长河，滋润人们心灵的荒原；它如炬，持久地散发光热，照亮每一处阴暗；它如葩，芳华照水，清香四溢。腾蛟一行，连我也分得馨香一束，驻留在心。

藏女三门西子

这次去九寨沟旅游，最大的收获便是与一位藏女进行了零距离的接触。那是在开往黄龙的路上，沿途站着很多藏族姑娘。导游说这些都是想搭乘便车的。我们都很想近距离一睹这些藏女的风采，便叫司机停车捎上一位。

上来的是一位年轻的姑娘，略带害羞地背对着我们。在我们的热烈鼓掌中，才慢慢转过身来——高鼻梁瓜子脸，眼睛虽小但也不失风韵。手上、身上挂满了饰品。曾听导游说，藏族人很多是腰缠万贯，因为四处游牧，因此总是把最值钱的东西都带在身上，有些藏袍甚至可达上百斤重。我们一时很难想象，穿着这么笨重的袍子如何能行动自如？今天，我们大开眼界。瞧这位姑娘的两只胳膊，套满了玛瑙玉器银手镯，脖子上也挂着长长短短的链子，耳朵上坠满了大大小小好几对耳环，腰间还缠着各色金银雕花饰品。乍一看，真叫人眼花缭乱。那姑娘见我们如此热情，早把刚才一点点的羞涩一扫而光。在我们的盛情邀请下，落落大方地拿起话筒，唱起了藏歌，歌声高亢悦耳，把藏族姑娘的能歌善舞演绎得淋漓尽致。歌毕，她说她叫三门西子，今天是藏族的抢亲节，是姑娘向小伙子求亲的日子。她已看上了一个帅小伙子，要与他对歌。

我们顺着她手指的方向，带着十二分的羡慕向着这位交了桃花运的同事小李起哄，在一片叫喊声中，他们开始对歌。

“跑马溜溜的山上，一朵溜溜的云呦。那个戴眼镜的小伙子，是我心中所求。月亮弯弯，弯弯，不知他是怎么想？”

小李一时语塞。大家帮他凑，终于凑成：

“其实我想留，其实我不愿走，留下来陪你度过每个春夏秋冬。只是不知道，姑娘的性格，叫我如何能轻易答应？”

一问又一答，颇有刘三姐对山歌的味道。

大家唱累了，笑累了，喊累了，便叫三门西子坐下来歇一歇。等她一坐定，我们便把目光都聚焦在她身上的饰物上。她热情地褪下手中和身上的饰物，向我们一一介绍：“这是雪山玛瑙玉，是上等的玉器；这是一种稀奇植物滴下来的精油凝集而成，四季不同，颜色也不同，绿色的是春天，红色的是夏，金黄色的是秋，白色的是冬……”我们都发出嘘嘘的赞叹声，为自然界的精美和神奇。于是有人央求三门西子把这些东西卖给我们。她一开始显出为难的样子，又终于下定决心，一副为朋友甘愿两肋插刀的样子，答应了我们的无礼要求。于是她身上的饰物被瓜分殆尽。我花了三百八十元买了她的一条玛瑙项链；一同事用两百块钱换取了神奇的春夏秋冬链，很满足陶醉；有人买了她手上的银链子，只需八十元……身上的东西都卖完了，有人还觉意犹未尽，一再地追问还有没有。三门西子又显出为难的样子，说自己袋子里还有一些，是帮别人带的，如果你们需要，我先给你们，我下次再帮朋友带。我们对她感激涕零，一窝蜂而上，抢购了她袋子里的宝贝。

她提着瘪瘪的袋子，说自己马上要到家了。为了表示对这帮热情的朋友的感谢，她掏出仅剩的两挂手链，一串送给了她心目中的小伙子，希望他能常常来这里看她；另一串送给了司机，感谢他捎了她这么长的一段路，才恋恋不舍地与我们告别。

我们目送着她渐渐远去的身影，在心里默默祈祷这一路上给大家带来欢歌笑语的美丽姑娘。

到达目的地之后，在沿路摆着的摊铺上，我们又看到了熟悉的玛瑙玉和春夏秋冬。上前一问，长的玛瑙项链二十五块钱一串，春夏秋冬是每挂八块钱，那条与同事一模一样的银链子，这里十元三条，还可以讲价。

我们无声地离开了这些小贩。眼前的景色依旧充满了异域风情和自然界的神奇，只是在我们眼里黯淡了许多……

边城之殇

半梦半醒之间，耳畔传来一阵阵鼓声和歌声，仿佛把我带到了翠翠的边城：一条清澈见底的小河，一只乖顺听话的大狗，一个为孙女幸福忧心忡忡的老船夫，还有一个有着如河水般清澈眸子的翠翠。鼓声越来越急，那是端午节赛龙舟捉鸭子的擂鼓呐喊；歌声越来越缥缈，那是二佬在山上为翠翠唱起的一夜情歌……突然，一阵刺耳的摇滚打破了纯净的边城世界。我醒过来，恍惚了好一阵子，才意识到自己已经来到了梦寐以求的凤凰古城，正宿在沱江边吊脚楼上。耳畔正传来酒吧招揽生意的招呼声和摇滚乐的轰鸣声，还有一群群游客声嘶力竭的飙歌声。今夜，凤凰城不眠，我，不眠。

很久以前，就幻想着能一个人背着背包在凤凰沱江边上走一走，闻一闻扑面而来的沱江纯净清澈的气息，让清凉的江风吹一吹我蓬头的乱发；幻想着能在江边遇上一两个采摘归来的女子，听一听她们一边打闹一边发出铃铛般的悦耳笑声；幻想自己牵着一头听懂你“狗，不叫”就不叫的大黑狗，与在埠头洗衣的妇人聊几句家常；幻想着晚上没有霓虹、没有拍照的闪光灯，只有一两点渔火和岸边一两处灯光；幻想着没有商家的叫卖声、摇滚声和人群的嘈杂声，只有“呀鲁呀鲁”的摇桨声和狗吠声……

可是，当我的双脚踏进凤凰城，看到无数的男男女女，他们头戴刚刚花 5 元钱买的用野花和野草编制的花环，手上摇曳着以假乱真的银饰的手链，身着同样款式的带有一点民族风味的连衣裙，在我的身边穿梭着。看到沱江边还有一群群的姑娘和小伙子，穿着租过来的民族服饰在相机面前摆 pose，装笑脸，俨然一个个都是小黑哥、阿诗玛。当我看到沱江边满是琳琅满目的商品店和酒吧，好些比翠翠年龄还小的小姑娘手捧着放满花环或手链的篮子向游客兜售，他们的眼中再也看不到清澈如水的眸子；当我看到沱江虽然以它自身的不停流淌带走许多污秽，但江面上还是漂浮着矿泉水瓶子、塑料袋、菜叶子……所有的这一切，其实我早有心理准备，但还是感觉到梦境被活生生击碎的痛楚，我怅然很久……

想必沈从文自己也没有想到，他的一篇《边城》成就了凤凰城，让全世界人民都知道在遥远的湘西有一个远离物欲繁华的边城世界。同样，这篇小说也成就了凤凰城的人民，让他们在家门口就能看到外来的

花花世界，并因此提高了自己的物质生活。但从某种意义上来说，也正是沈从文，毁掉了真正意义上的边城。当年沈先生经历了世俗的沧桑，唯有融注了他审美理想的纯净淳朴的凤凰城，可以抚慰自己在喧嚣世界上劳顿奔波的心灵。因此，“边城”之“边”，就寄寓着先生“远离世俗喧嚣芜杂”的理想。而如今，正是由于先生和他小说的影响力，把原来的“边城”抛到世俗繁华的风口浪尖，让它在物欲和繁华中慢慢销蚀着原有的纯净和光泽。先生若九泉有知，他会后悔遗憾自己的成就而带来边城之殇吗?

其实，静下心来仔细想想，却无所谓后悔和遗憾。任何一个世外桃源，都是短暂的，只要它还有通向世人的一条小径，都迟早会被这个世界同化。这是社会发展的必然。但我依然希望，我们在踏入凤凰城土地的那一刹那，能脚步放慢一点，声音放轻一点。留给凤凰城一点空间，让它修复自己，保持哪怕是一隅纯净的空间。

告别乡村梦

早已厌倦了跟着旅游团走马观花似的观赏，在匆匆的人流中很难找到真正的风景，即使找到了，也很难有充裕的时间和悠闲的心情去体验它。这次，我决定不借助旅游团，来个真正意义上的旅行。

都说张家界是“仙境”，那峻峭挺拔的山峰，在缭绕的云雾间时隐时现，恍若人间仙境。为了能沾上一点大自然的“仙气”，我特地在网上预定了张家界景区内的旅馆“驴友客栈”。之所以选择这个客栈，是为其名字所吸引，“驴友”，让人想到这是一个专供背包族栖息落脚的地方，应该是既整洁简单又充满露营野味的。但还没到张家界，驴友老板打来电话，说这几天游客太多，安排不出房间，能否将我们安排在附近的旅馆。交涉不成，只能听任其安排。我们沿着他告诉我们的路线，一条山路向前，路的两旁都是形形色色的小型旅店，一看就知道是为了满足旅客的需要而将自家的农房改建的。在一片虫鸣声中，我暗自庆幸自己的英明：这么安静、乡土的地方，应该就是自己日夜渴望的“鸡鸣桑树颠”的陶渊明式的乡村生活。

这样想着的时候，已经到了我们的目的地——好友客栈，一个看去有点粗糙简陋的土砖房。找到老板，他却不把我们往房间带，而是绕过这个土砖房，沿着一条高低不平的小路继续往里走。我们一头雾水，老板解释说房间在里面，外面的客栈都住满了。绕过一个弯，呈现在我眼前的是一个破烂、肮脏的小土房，类似我们以前在农村里经常看到的养猪的猪栏。当老板说“到了”的时候，我惊恐地瞪大了眼睛：“不会是这里吧？”还好，我们的房间是在这个“猪栏”后面。挤过猪栏旁边的狭窄通道，就到了我们的房间了。三间刚刚搭建的简易房，虽然极其简陋，但比起前面的“猪栏”，已经谢天谢地了。

走进房间，地面坑坑洼洼，但有床有被子，最重要的是有独立的卫生间。我们也就不再奢求了。

有几只蚱蜢和昆虫在我们开门进出之际“私闯民房”，我们看着地上活跃着的小动物们，相顾大笑，终于，在这个老公笑称“极绿色环保”的房间里，我们与大自然融为一体了。

夜晚伴随着窗外的虫鸣声睡觉，清晨随着此起彼伏的公鸡报晓声起床，真乃人间一大乐事。要不是晚上出了一件令人难堪的事件，我真这么想的。

坐车累了一天，洗洗睡吧。可是到了名不副实的卫生间打开水龙头，才发现“人类的最后一滴水，是人们自己的眼泪”是多么形象的一个广告词。水龙头像眼泪一样断了线，滴滴答答。心想可能现在洗澡的人多，等会儿等大家洗完了，水会大起来的。果然，等了约莫一个小时，到了晚上 10 点多，水龙头里的水慢慢大了起来，赶快抓紧时间洗澡，以免夜长梦多。可是，悲剧的是，刚刚涂上沐浴液，那该死的水就“一去兮不复返”。全身冒着雪白的泡沫，一开始抱着的“水马上就会来”的坚定信念，在遥遥无期的等待中慢慢溃散，最后在浴室里瑟瑟发抖时以“程门立雪”自励。最后以老公不远千里去河边拎了一桶水过来救急而告终。他还不忘借机教育了我一番：每天异想天开想过田园生活，真的让你过，你可以吗？

这个问题也是这次张家界之行后反复问自己的。是啊，总是抱怨都市生活的嘈杂烦琐，幻想着能像陶渊明那样“采菊东篱下，悠然见南山”，像梭罗那样开辟一个小木屋，在宁静的大自然中过最为简单朴素的生活。可是，现在，我发现“久在樊笼里”的我们再也回不去了。

告别张家界，也告别了我的乡村梦。

野人俱乐部

也许你去过酒吧、书吧，但你有没有听说过“玩吧”？你也许知道有单身俱乐部、足球俱乐部，可你有没有听说过“野人俱乐部”？

“野人俱乐部”，乍一听，还以为是一群蓬头垢面、茹毛饮血的野人的聚会。殊不知，聚集在这里的都是风度翩翩、温文尔雅的都市白领一族。但又确实是“野人俱乐部”，因为每至周末，俱乐部成员们会挎上重达二三十斤的越野背包，到大自然中去攀登、穿越、野营，过上几天野人般的生活。

很幸运，这次跟着一位同事，加入他们的露营队伍，很骄傲地成为一名“野人”。可到了集合的地点，才发现自己在这个队伍中简直可以算得上是“标新立异”。比起他们背上装着帐篷、防潮垫、睡袋、头灯、水壶等各色野外必需品的大得吓人的背包，我的装着几件换洗衣服的挎包像是幼儿园朋友的小书包；比起他们太阳帽牛仔T恤再加运动鞋的装束，我的无袖衫、七分裤、坡跟鞋更像是要去市中心逛夜市；比起他们的户外名“瑶子”“紫外线”“禾子”“饭桶”“丑男”，我的名字“彬彬”又显得过于文雅拘泥。

他们用异样的眼光看着我，又朝我直摇头。我的同事一见我就大叫："我不是告诉过你要穿长裤运动鞋吗？"我嘴上不说，心里还挺不服气：这么热的天，你们穿着长袖长裤，背着这么重的背包，这不是自虐吗？可出发不多久，我就显出种种狼狈相，因为所走的是布满荆棘的崎岖小路，我的裸露在外的小腿就要忍受"割锯"的酷刑，不管我怎样小心，还有同伴拿着木棍为我开路，我还是留下一道道"红阑干"；没有太阳帽，我带的防紫外线太阳伞又空不出手来拿，只好任那恶毒的太阳赤裸裸地在我身上肆虐。真是"头顶一轮红日，火辣辣地热；脚下一片荆棘，火辣辣地疼"。也许是我的可怜相感动了上苍，上天忽然乌云密布，雷声隆隆。紫外线说声"不好，我们要赶快扎营"，大家加快了脚步，寻找合适的扎营地点。一会儿，豆大的雨点噼里啪啦地下来，我正想享受这上天馈赠的甘霖，以解身上的热气，却发现自己的脚下老是打滑，那坡跟凉鞋不失时机地与我作对。好不容易在溪边找到一块鹅卵石铺成的平地，扎下帐篷，发现自己已经惨不忍睹：扭肿了脚，划伤了腿，晒红了脸。躲在帐篷里躲雨，才感觉到家的舒适与温暖。

雨停了，原计划还要穿越一座山，但因为怜惜我，大家决定就此安寨，不再前进。他们一边拿出挎包里的药物，帮我涂上，一边教育我下次外出露营的"三大纪律、八项注意"。我一面不住地点头，一面在心里发誓"下次打死我，我也不会去了"。

涂上了"神油"，脚一会儿就不痛了，听到外面哗哗的水声和嬉戏声，钻出帐篷。天哪！

雨过天晴，夕阳映红了天边的彩云，深深浅浅，飘飘曳曳，如痴如幻。不远处，一帘瀑布飞泻而下，那溅起的水花，在夕阳下透明、璀璨如水晶。一潭不大的水潭，清幽、宁静又不失活泼，而同来的那群"野人"，正在这露天游泳池里尽情嬉戏呢。我赶紧换了泳装，投身其中，让自然的纯净水洗涤一路的疲劳和汗水，让清凉一直沁入每一寸肌肤。

晚上，围着篝火，吃着带来的干粮，喝着煮开了的菊花茶，耳边玲玲地传来溪水的喧哗，我们或悠悠地聊着天，或轻轻地哼着歌，或静静地想着远方。我觉得已经领略了露营的全部含义。

可从同伴的字里行间，我隐隐听出了他们的失意，他们觉得这次穿越路途太近太平坦，没有挑战性。我知道这是我的错。我的目的在于欣赏风景，而他们的目的在于发掘人的潜能，挑战极限。他们要的不是唾手可得的大自然的美景，而是要经过一个长长的艰辛的跋涉后，在人迹罕至的地方去获得、发现常人所不易追寻到的“美丽”。

下次，我会像一个真正的穿越者，去战胜一座山！